U0640052

孙宜学◎主编

花间集

[后蜀] 赵崇祚◎编　邱小芳◎编

朝華出版社
BLOSSOM PRESS

图书在版编目（CIP）数据

花间集 / (后蜀) 赵崇祚编 ; 邱小芳编 . -- 北京：
朝华出版社, 2025. 1. -- (启秀文库 / 孙宜学主编).
ISBN 978-7-5054-5550-4

Ⅰ . I222.82

中国国家版本馆 CIP 数据核字第 2024NE8972 号

花间集

[后蜀] 赵崇祚　编
邱小芳　编

选题策划　黄明陆
责任编辑　张北鱼
责任印制　陆竞赢　訾　坤

出版发行　朝华出版社
社　　址　北京市西城区白力庄大街 24 号　　邮政编码　100037
订购电话　（010）68995509
联系版权　zhbq@cicg.org.cn
网　　址　http://zhcb.cicg.org.cn
印　　刷　三河市龙大印装有限公司
经　　销　全国新华书店
开　　本　920mm × 1260mm　1/16　　　字　　数　135 千
印　　张　11.5
版　　次　2025 年 1 月第 1 版　2025 年 1 月第 1 次印刷
装　　别　精
书　　号　ISBN 978-7-5054-5550-4
定　　价　45.00 元

版权所有　翻印必究・印装有误　负责调换

"启秀文库"编委会

总 策 划　黄明陆

主　　编　孙宜学
副 主 编　陈曦骏
编　　委　（按姓氏笔画排序）

万　平	马　骅	王　圣	王应槐	王奕鑫
王福利	尹红卿	白云玲	刘莹莹	刘慧萍
关慧敏	江晓英	花莉敏	杜凤华	李慧泉
杨　雪	肖玉杰	吴留巧	邱小芳	余　杨
宋沙沙	张　莹	张艳彬	张晓洪	张婷婷
陈宇薇	林萱素	易　胜	罗诗雨	胡健楠
段晨曦	徐长青	殷珍泉	陶立军	曹永梅
董洪良	韩　榕	端木向宇	谭凌霞	

封面题签　赵朴初

总序

　　中国传统文化经典作品是中国智慧的结晶和集中体现，源于中国人的生存智慧、生命智慧，是一代代中国人对天地万物、时序经纬的心灵感悟和提炼总结，已成为人类精神文明的宝贵财富。至今，这些作品仍能释日常生活之惑、解亘古变化之谜，为世界的未来提供中国范式。

　　中国和世界需要既包蕴中国传统文化精髓，又能真实反映新时代中国文化新发展、新概念的中国传统文化经典著作，这样的著作应具备以下特点：

　　1. 兼具知识的广度与理论的深度。能撷取中华优秀传统文化的精华，体现中国人的思维方式和中国文化特质，同时具有内在的理论逻辑，集知识性、系统性、科学性于一体。

　　2. 兼具学术的高度和历史的维度。能讲清楚"何谓'文'""何谓'化'"和"何谓'文化'"，并立足于中国和世界文化发展史，以中国传统文化典籍为历史线索，阐释、勾勒出中国文化发展历史的昨天、今天和明天。引导读者通过中国文化内涵的特殊性和普适性元素了解中国文化如何不断推陈出新，中国智慧如何不断博观约取、吐故纳新。

　　3. 兼具精准的角度和客观的态度。能基于读者的客观诉求、阅读习惯和审美习惯，充分发掘和利用中国的地域、经济和文化特点，全面深入研究中国文化资源，保证经典著作能"贴近不同区域、不同国家、不同群体受众",更直接有效地"推进中国故事和中国声音的全球化表达、区域化表达、分众化表达"。

4. 兼具多元的维度与开放的幅度。能基于世界阅读中国的目标,从中外文化互鉴视角,成为世界文化多维度交流互鉴的载体和可持续阐释的源文本。

我们选编这套"启秀文库",即因此,并为此。中国人阅读这些作品,可以学会更好地生活;外国人阅读这些作品,可以了解和理解中国人的美好生活是一种什么样的历史形态。中外读者共同汲取其中的智慧,可以知道如何建设一个和谐美丽的世界,以及未来的世界会如何美好。

伟大的经典作品,都是为了将日常的生活变得更加美好。在建设"人类命运共同体"的今天,中国文化的精神滋养不应只培育中华民族子孙的天下情怀,还应引导世界人民学会欣赏中国之美、中国之魂、中国之根,在促使世界更深刻理解中国的历史和当代的同时,实现不同民族文化的和谐相处、共生共进。

在中华民族开启向第二个百年奋斗目标进军的新征程之际,中国文化发展也必将进入一个新阶段。这套丛书的时代价值,在于其将"中华文化感召力、中国形象亲和力、中国话语说服力、国际舆论引导力"融入编写、注释和诠释的全过程,从而使传统文化经典作品更能适应新时代,更有能力承载与传播中华文化精髓,向世界讲好中国故事。

孙宜学

2024 年 7 月

于同济大学

　　花间词诞生于晚唐五代，由后蜀赵崇祚编为《花间集》，欧阳炯作序，辑录了涵盖温庭筠、韦庄、孙光宪、欧阳炯、张泌、李珣等人的约 500 首词作。

　　晚唐五代的人们，面对残破的乱世，承担着虚无之中的忧患，也夹杂着摆脱禁锢后的轻松，社会文化本能地回避盛唐的雍容与博大，将文学的基调转向了消遣柔软而琐碎的词乐，用身心的放纵对抗沉重的现实。

　　北宋词人奉《花间集》为词的正宗，其长短参差、音律起伏的词体演化出新的艺术魅力，为后来兴起的宋词开辟了别样的审美境界。

　　比起四平八稳的唐诗，花间词的小词小令更加灵巧多变，辅以音律，拨弄着那个时代人们的心弦，让战乱和离散带来的愁绪，以最为"惬意"的情感表达，消解在袅袅吟唱的清词与乐章之间。

　　花间词宛若缱绻千年的绕指柔情，穿越历史的微尘款款而来，文人遣词造句落笔香软，开历代词作之先河，或清丽婉转，或情深语秀，描绘着两情相悦之事，离别相思之情，风光旖旎之美，旅途思乡之苦，既有阳春白雪的超然境界，又有下里巴人的雅俗共赏。

　　其词之美，如轻歌曼舞的佳人，回眸抛却笑眼，便惹看客惊鸿，凝神细读，又有另一番滋味，是软玉温香间的低吟浅唱，是道不完的倾心相遇与爱恨别离，似闻低语在耳边，却又萦绕于心头。

抬手轻翻一卷书，读一阕花间词，跨越推翻又重建的文明，将千年前的往事徐徐铺陈，走进乱世文人的内心世界，体会那时的繁华与寂寥，做一场多情旖旎的美梦，与词中人一起，抚平漫漫岁月遗留的愁思。

本书以汤显祖评本为底本，全书编排按旧刻精选《花间集》96首，为方便读者了解词作的背景、含义，在每位词人名下设置"词人小传"，简要介绍词人生平及性格特点，每篇词作下分别设置"译文""鉴赏"和"名家集评"三项，在尊重原作的基础上，对词作进行翻译及诠释，并收集查阅相关典籍，选列名家点评，便于读者多角度欣赏、理解词作内容与底蕴。

书中难免存在错谬之处，敬请批评指正！

编者

2024 年 5 月

目录

皇甫松

韦　庄

牛　峤

花间集原序

　　镂玉雕琼，拟化工而迥巧；裁花剪叶，夺春艳以争鲜。是以唱云谣则金母词清，挹霞醴则穆王心醉。名高白雪，声声而自合鸾歌；响遏行云，字字而偏谐凤律。杨柳大堤之句，乐府相传；芙蓉曲渚之篇，豪家自制。莫不争高门下，三千玳瑁之簪；竞富樽前，数十珊瑚之树。则有绮筵公子，绣幌佳人，递叶叶之花笺，文抽丽锦；举纤纤之玉指，拍按香檀。不无清绝之辞，用助娇娆之态。

　　自南朝之宫体，扇北里之倡风。何止言之不文，所谓秀而不实。有唐已降，率土之滨，家家之香径春风，宁寻越艳；处处之红楼夜月，自锁嫦娥。在明皇朝，则有李太白应制《清平乐》词四首。近代温飞卿复有《金筌集》。迩来作者，无愧前人。

　　今卫尉少卿字弘基，以拾翠洲边，自得羽毛之异；织绡泉底，独殊机杼之功。广会众宾，时延佳论。因集近来诗客曲子词五百首，分为十卷。以炯粗预知音，辱请命题，仍为序引。昔郢人有歌阳春者，号为绝唱，乃命之为《花间集》。庶以阳春之甲，将使西园英哲，用资羽盖之欢；南国婵娟，休唱莲舟之引。

　　时大蜀广政三年夏四月日序。

　　雕琢美好的玉石，效仿自然之功却更为巧妙；剪裁多彩的花叶，择取春的绚烂又愈见鲜艳。所以唱起《云谣》西王母词清调婉，酌来美酒穆天子神怡心醉。词与《白雪》齐名，声声自与美妙的鸾鸣相和；音能阻断行云，字字都和十二音律相协。《杨柳》《大堤》这类词句，乐府历来相传；《芙蓉》《曲渚》那些篇章，名家不断自作。

1

花间集原序

这种状况无不像为了比门庭高低，春申君用三千门客应对头簪玳瑁的赵国使者；为了在酒席上比富，石崇搬出数十株珊瑚让王恺难堪。于是就有那些华宴上的公子、贵阁中的美人，纷纷传递题写歌词的花笺，展示才情文采；抬起纤细白皙的手指，按着节拍弹奏。这些清丽绝妙的歌词有助于传递女子妩媚动人的姿态。

自从南朝的宫体诗出现后，北里就形成了歌女弹唱的风气。那时不但歌词缺乏文采，而且只开花不结果。唐代以来，普天之下，家家香溢花径春风骀荡，收寻江南来的美女；处处紫阁红楼明月高悬，蓄养嫦娥般的佳丽。在明皇唐玄宗时，有李太白应诏创作的《清平乐》词四首。近代温飞卿又有《金荃集》。近来的这些作者，当无愧于前人。

现在卫尉少卿赵崇祚弘基，因在洲边拾取翠鸟的羽毛，自然得到了奇异的收获；在泉底织成薄纱，取得了特殊的编纺功效。他广会众多的宾客，时常引用好的议论，从而汇集了诗人们创作的曲子词五百首，分为十卷。因炯粗通音律，故屈尊请我为其题名，于是写了这篇序文，以前楚国郢城人有歌唱《阳春》的，被称为绝唱，于是把它命名为《花间集》。希望能使那些游冶西园的名流，用来增添车盖相聚的欢乐；来自南方的美女，不再弹唱《采莲》等旧曲。

唐广政三年夏四月大蜀欧阳炯序

温庭筠

温庭筠（约801—866），旧名歧，字飞卿，晚唐太原（今山西太原西南）人，是唐初宰相温彦博之孙。他才思敏捷，富有天赋，诗与李商隐齐名，世称"温李"。他律赋入试，八韵一篇，八叉手而八韵成，因此赢得了"温八叉"之名，又因相貌丑陋，被戏称"温钟馗"。

然他处世放浪，常出入秦楼楚馆，与世家子弟饮酒作乐，恃才孤傲，好讥权贵，尤为当朝宰相令狐绹所恶，又数次在考场帮邻座解难，因而屡试进士不第。他曾两次出任县尉，官至国子助教，一生抑郁不得志，流落至死。

菩萨蛮（小山重叠金明灭）

小山重叠金明灭，鬓云欲度香腮雪。懒起画蛾眉，弄妆梳洗迟。

照花前后镜，花面交相映。新帖绣罗襦，双双金鹧鸪。

译文

屏风上重叠的山峦时明时暗，轻云般的鬓发掠过香白的脸。懒懒地起身描画蛾眉，很久才开始整妆梳洗。

对着镜子前后照一照头上的簪花，鲜花和容颜交相辉映。新缝制的绫罗短绣袄，绣着成双成对的金色鹧鸪鸟。

鉴赏

《菩萨蛮》是唐代教坊曲目，属燕乐二十八调之"夹钟宫"，俗称"中吕宫"，后用作词牌名。

宣宗尤好唱《菩萨蛮》词，宰相令狐绹让温庭筠代替写词，假称为己新撰，进献于宣宗。温庭筠的十四首《菩萨蛮》或是大中四年至十三年（850—859）令狐绹为相时所作。

"小山"代指屏山，"金明灭"三字道出了重叠屏山与初升日辉相映的流光溢彩、璀璨夺目之景，下句引出美人或已醒却未起，若是已起床，则鬓发不能度腮，从闺房女子的屏风写到卧榻之上未起的美人，下接"懒""迟"二字，便与前句精妙衔接，把女子起床后画眉、梳妆的情形描绘得生动灵妙，又尽显闺阁女子的慵懒之态。

下阕写女子簪花照镜，既是审视发饰是否佩戴妥帖，亦是以云鬓之花与人面的映衬相比美。浦江清《词的讲解》曰：鹧鸪是舞曲，伎人衣上画鹧鸪。"故知飞卿所写正是伎楼女子"。

这首词表面观之是一幅闺中美人晨起梳妆图，但女子反复照镜似有心事，梳妆毕后穿上绣了双双鹧鸪鸟的新衣，以此收尾，对比女子独自一人的苦闷，更似蕴蓄了一段怨情于心中。

结合温庭筠此词牌词意及飞卿当时的境况，字词之间颇有"怀才不遇"的抑郁愤懑，后曰"懒起""弄妆""照花"，又有一番从容自在的情怀，纵观全词，便有人值盛年，却顾影自怜之感，只是词人性情孤傲不羁，饶是无人欣赏，依旧从容无为。

名家集评

明·钟惺："新帖绣罗襦，双双金鹧鸪"，如此丽语，正复不厌。此《草堂》诸公所不能作，亦不欲作。

明·卓人月《古今词统》卷五徐士俊评语：此词又名《重叠金》，因首句也。

清·许昂霄《词综偶评》：“小山重叠金明灭”，“小山”盖指屏山而言。“鬓云欲度香腮雪”，犹言鬓丝撩乱也。“照花前后镜，花面交相映”，承上梳妆言之。“新帖绣罗襦”，“帖”疑当作“贴”，花庵选本作“著”。

清·张惠言《词选》卷一：此感士不遇也。篇法仿佛《长门赋》，而用节节逆叙。此章从梦晓后，领起“懒起”二字，含后文情事；“照花”四句，《离骚》“初服”之意。

清·王国维《人间词话删稿》：固哉，皋文之为词也！飞卿《菩萨蛮》、永叔《蝶恋花》、子瞻《卜算子》，皆兴到之作，有何命意？皆被皋文深文罗织。

夏承焘《唐宋词欣赏·温庭筠的〈菩萨蛮〉》：这首词代表了温庭筠的艺术风格：深而又密。深是几个字概括许多层意思，密是一句话可起几句话的作用。这首词短短的篇章，一共只八句，而深密曲折如此，这是唐人重含蓄的绝句诗的进一步的深化。

菩萨蛮（水精帘里颇黎枕）

水精帘里颇黎枕，暖香惹梦鸳鸯锦。江上柳如烟，雁飞残月天。

藕丝秋色浅，人胜参差剪。双鬓隔香红，玉钗头上风。

女子睡在水晶帘里精美的玻璃枕上，鸳鸯锦被温暖芳香，惹得梦更加深沉。江上的垂柳茫茫如烟，归雁飞过了残月晓天。藕色丝衣染着淡淡秋色，剪出的彩胜高低错落。两鬓的花芬芳鲜红，头上的玉钗微微颤动。

鉴赏

前两句以明净透亮的女子居室起笔，呈现一幕精美、温馨的景象，一个"惹"字正是妙笔之处，将暖香化为入梦之因，引出下句女子梦中江上之境，江上烟柳，天上残月，有雁飞过，将现实与梦境情景融合，更显个中滋味。又一谓江上二句是楼外黎明江景，从帘内之情到绵渺的江天远景，由近至远平列两种不同的环境。

上阕写景，景中有人，情亦在其中；下阕专写人，人着藕丝衣衫，戴金箔之胜（胜：古代妇女戴在头上的首饰。人胜：人形胜）。双鬓插红花，头簪玉钗，此间不写女子容貌形态，只从衣着首饰下笔，以"风"字收尾，看似虚设，却将女子头上玉钗随风摇曳、微微颤动的情形勾勒出来，品其深意，头饰颤动正是女子款款而行、体态婀娜之意。

通贯全词，赏女子形迹之余，循其神理，回观"雁飞残月天"又有一丝弦外之音，凄凉之境引人遐想。

名家集评

明·杨慎《升庵诗话》卷十一：王右丞诗："杨花惹暮春"。李长吉诗："古竹老梢惹碧云。"温庭筠词："暖香惹梦鸳鸯锦。"孙光宪词："六宫眉黛惹春愁。"用"惹"字凡四，皆绝妙。

明·钟惺："雁飞残月天"，真词手。

明·田艺蘅《留青日札》卷四：诗中用"惹"字，有有情之"惹"，有无情之"惹"。惹，绁也，乱也，引着也。隋炀帝"被惹香黛残"，贾至"衣冠身惹御炉香"，古辞"至今衣袖惹天香"，温庭筠"暖香惹梦鸳鸯锦"，孙光宪"眉黛惹春愁"，皆有情之"惹"也。王维"杨花惹暮春"，李贺"古竹老梢惹碧云"，皆无情之"惹"也。

明·卓人月《古今词统》卷五徐士俊评语："藕丝秋色染"，牛峤句也。"染""浅"二字皆精。

清·张惠言《词选》卷一："梦"字提，"江上"以下，略叙梦境。人胜参差，玉钗香隔，言梦亦不得到也。"江上柳如烟"是关络。

清·吴衡照《莲子居词话》卷一：飞卿《菩萨蛮》云："江上柳如烟。雁飞残月天。"《更漏子》云："银烛背，绣帘垂。梦长君不知。"《酒泉子》云："月孤明，风又起，杏花稀。"作小令不似此着色取致，便觉寡味。

菩萨蛮（杏花含露团香雪）

杏花含露团香雪，绿杨陌上多离别。灯在月胧明，觉来闻晓莺。

玉钩褰翠幕，妆浅旧眉薄。春梦正关情，镜中蝉鬓轻。

译文

杏花含着晶莹的晨露，好似一簇簇芳香的雪团。绿杨垂拂的路上有多少离别。灯还亮着，月色已微明，醒来听见拂晓的莺啼声。

玉钩挂起翠色的帘幕，隔日梳妆眉色已淡薄。春日梦中惹起情思种种，镜中的鬓发如蝉翼般轻盈。

鉴赏

　　这首词借景物抒情怀人，起笔"杏花""绿杨"，看似描绘春日的清晓盛景，一片生机盎然，紧接着却在"团香雪"的美景之下道"多离别"之情，两情呼应对比，愈加凸显离别相思之苦。此时下句写灯尚在，月色微明，美人朦胧醒来，联想前句，空有美景却多离别，愁绪万千扰乱朝眠，女子清晓醒来只剩孤影，不由得黯然神伤。

　　下阕用玉钩挂起帘幕表达晨起之象，褰（qiān）是撩起、挂起的意思，"旧"字将女子无心梳妆的心态点出，一句"春梦正关情"解释了女子心绪不佳、懒怠梳妆的原因，原来是梦中与恋人情意浓浓，醒来对镜却独自一人，如此情境，哪能有心思梳妆打扮，可怜貌美佳人却要承受离别相思之苦。蝉鬓是古代妇女的一种发式，晋崔豹《古今注·杂注》：魏文帝宫人莫琼树"制蝉鬓，缥缈如蝉，故曰蝉鬓"。

　　从手法上而言，本词以景起笔，托物起兴，是乐曲的惯用章法，上阕唤起听曲者想象，下阕以人言情，窥见心事，从视觉递进到感觉，引人深入其哀伤的情境。

名家集评

　　明·汤显祖评《花间集》卷一："碧纱如烟隔窗语"，得画家三昧，此更觉微远。

　　清·陈廷焯《白雨斋词话》卷一："春梦正关情，镜中蝉鬓轻。"凄凉哀怨，真有欲言难言之苦。

　　丁寿田等《唐五代四大名家词》甲篇：此词"杏花"二句，从远处泛写，关合本题于有意无意之间，与前"水精"一首中"江上柳如烟"二句同一笔法。飞卿词每如织锦图案，吾人但赏其调和之美可耳，不必泥于事实也。

萧继宗《评点校注花间集》："灯在"两句，谓因别恨而损朝眠，语亦凄婉有致。"妆浅"句，"旧"字宜平，殆以阳上代之尔。然"旧眉"字亦未见佳。意"旧"字或有异文，然无别本可证。以飞卿之才，当不至"贫于一字"也。

清·张以仁《花间词论集·温飞卿词旧说商榷》：此词首二句写春梦，三、四两句写梦醒，五句下床，六句对镜，七句以"春梦"二字正面关应前文，末句自伤亦自怜，更呼应第六句……谓镜中人青春若是，貌美如斯，何堪离别相思之苦！

菩萨蛮（玉楼明月长相忆）

玉楼明月长相忆，柳丝袅娜春无力。门外草萋萋，送君闻马嘶。

画罗金翡翠，香烛销成泪。花落子规啼，绿窗残梦迷。

译文

高楼上的明月让人长久回忆，春暮时的柳丝摇曳软绵无力。门外一片青青的芳草，送你只听到马的嘶叫。罗帷绣着金色翡翠鸟，燃烧的香烛融为一滴滴蜡泪。花落时子规声声啼鸣，当晨曦映亮绿纱窗，残梦已无处可寻。

鉴赏

玉楼是高楼的美称，又言传说中天帝或仙人的居所，词首句是古典诗词中常用的"望月怀思"模式，每当玉楼有月时，总要忆起所思之人未归，自古由来，明月与思念总是同时出现，见月者相思意起，情一起则不可收，便用"无力"二字抒情。柳丝袅娜，春风软绵无力，正如此时的人失情失落、诸事无心乏力，又想起当初分别的场景，门外青草和马的嘶叫声历历在目。

古人常用"芳草萋萋"兴起怀念远人的情绪，浦江清《词的讲解》曰："从草萋萋三字上可以联想到王孙，加上骄马之嘶，知此玉楼中人所送者为公子贵人也。"

下阕言帷帐深掩，烛泪满盘，将思人的愁苦叠加得更深刻，子归是杜鹃，传说是蜀帝杜宇魂魄所化，常夜啼，声音凄切，所以常用来表达凄苦哀怨之情，绿窗即玉楼的绿纱窗，代指思妇所居之处。

上阕忆分别，下阕是正当时，才回忆着当初分别的情景心中悲苦不已，却是相忆难成，鸟啼花落，面对这凄凉情景，思妇无法排遣，夜难成眠，只能自伤自怜。

名家集评

明·钟惺："门外草萋萋，送君闻马嘶"，唐律起语之佳者。末二句幽宛，词家当行。

清·张惠言《词选》卷一："玉楼明月长相忆"，又提。"柳丝袅娜"，送君之时，故"江上柳如烟"，梦中情境亦尔。七章"阑外垂丝柳"，八章"绿杨满院"，九章"杨柳色依依"，十章"杨柳又如丝"，皆本此"柳丝袅娜"言之，明相忆之久也。

谭献《词辨》卷一："玉楼明月"句，提。"花落子规啼"句，小歇。

清·陈廷焯《白雨斋词话》卷一："花落子规啼，绿窗残梦迷"，又"鸾镜与花枝，此情谁得知"，皆含深意。此种词，第自写性情，不必求胜人，已成绝响。后人刻意争奇，愈趋愈下。安得一二豪杰之士，与之挽回风气哉！

菩萨蛮（满宫明月梨花白）

满宫明月梨花白，故人万里关山隔。金雁一双飞，泪痕沾绣衣。

小园芳草绿，家住越溪曲。杨柳色依依，燕归君不归。

译文

洒落满庭的月光，像院里的梨花一样雪白，旧日情人被万里关山重重阻隔。眼前的金雁结伴双飞，滴滴泪痕沾湿了绣衣。

小园内芳草一片碧绿，想起家乡的若耶溪。杨柳轻舞着依依春情，燕子都已归来你却还是未归。

鉴赏

《说文解字》："宫，室也。"古时的宫与室都可称为宫，从秦汉以后，只有王者的居所才能称为宫。华钟彦《花间集注》及浦江清《词的讲解》皆有提到，"宫"一字不应单指宫廷，而是代指居室。

首句托物起兴，看到满室梨花想起万里关山外的故人，此故人译为思念之情人，而非现指的老友故交，情不知所起，光是一眼梨花，便不可收拾。

将"金雁"一词拆解来看，金表示贵重，古有鸿雁传书，所以雁一般代指书信，说明女子将"故人"的书信看得很重要，却是只见雁双飞而过，而不见心心念念的书信寄来，不知故人的音讯，泪水沾湿了绣衣。

小园指的是女子所居的庭园，一作西施所居庭园，"越溪"传说是西施浣纱之处，又名浣沙溪，即若耶溪，出浙江绍兴若耶山，北流入运河。此句结合上阕，是说女子空有西施的倾国美貌，却无人欣赏，暗喻词人自身满腹学识，却遭到冷遇的境况。

名家集评

明·汤显祖评《花间集》卷一：兴语似李贺，结语似李白，中间平调而已。

清·陈廷焯《词则·大雅集》卷一：结句即七章"音信不归来"二语意，重言以申明之，音更促，语更婉。

俞平伯《唐宋词选释》："越溪"即若耶溪……相传西施浣纱处。本词疑亦借用西施事。或以为越兵入吴经由的越溪，恐未是。杜荀鹤《春宫怨》："年年越溪女，相忆采芙蓉。"亦指若耶溪。上片写宫廷光景；下片写若耶溪，女子的故乡。结句即从故人的怀念中写，犹前注所引杜荀鹤诗意。"君"盖指宫女，从对面看来，用字甚新。柳色如旧，而人远天涯，活用经典语。

菩萨蛮（南园满地堆轻絮）

南园满地堆轻絮，愁闻一霎清明雨。雨后却斜阳，杏花零落香。

无言匀睡脸，枕上屏山掩。时节欲黄昏，无憀独倚门。

　　南园地上堆满了飘落的柳絮，愁听窗外下了一阵清明的急雨。骤雨过后云间露出了斜阳，飘落泥中的杏花仍带着芳香。

　　被雨惊醒的女子默默补匀睡后的面妆，收起枕前山水屏障。时间已接近日落黄昏，女子空虚烦闷地一人倚靠在门楣上望着那黄昏风景。

鉴赏

　　南园泛指庭园，庭园堆满零落的柳絮，窗外一阵清明雨。何谓"清明雨"？当是寒食清明之际，一阵小雨淅淅沥沥，霎时转晴，给人以清新之感，结合上句柳絮满地，零落成泥，俨然一幅伤感又有些空灵的雨后暮春图，让人不禁泛起春光易逝的伤春之情。下句雨后斜阳，杏花零落，只把写景作为上阕的结尾，留下无限余韵，让读者自行想象。

　　下阕是写闺怨词的常规手法，皆是妇人起床匀面、整理床帏等日常琐碎事宜，因有上阕的暮春黄昏景铺垫，引出的妇人孤独空虚之感更加情真意切，仿佛在这样凄凉的场景中，枯坐等待本就该是一件愁苦煎熬的事情。

　　无憀（liáo）是无聊烦闷的意思，夕阳黄昏惹人愁绪，末句"无憀"一词平淡而出，看似清汤寡水无可品读，实则接上"独倚门"这个动作，整个画面便具象了。想象一下，雨后黄昏，花落污泥，妇人独自倚靠着房门，她仅是无聊吗？该是相思之苦让她无心人事，只好倚门空等打发时间。

名家集评

　　明·沈际飞《草堂诗余正集》卷一：隽逸之致，追步太白。

　　明·钟惺：此首置《草堂》集中，不复可辨。如"雨后却斜阳，杏花零落香"，更非《草堂》可得。

谭献《词辨》卷一评"雨后却斜阳"句：余韵。评"无憀独倚门"句：收束。

清·刘毓盘《词史》第二章：温庭筠《菩萨蛮》词，按张惠言《茗柯词选》曰："温氏《菩萨蛮》皆感士不遇之作。"细味之良然。

清·王国维《人间词话·附录》：温飞卿《菩萨蛮》："雨后却斜阳，杏花零落香。"少游之"雨余芳草斜阳。杏花零落燕泥香"虽自此脱胎，而实有出蓝之妙。

菩萨蛮（夜来皓月才当午）

夜来皓月才当午，重帘悄悄无人语。深处麝烟长，卧时留薄妆。

当年还自惜，往事那堪忆。花露月明残，锦衾知晓寒。

译文

午夜一轮明月升上中天，帘幕重重寂静悄无人言。闺房深处香烟细长，睡下时仍留着轻淡妆。

当年多么珍惜自己的面容，如今怎堪回首往日欢娱。当花含露泪，残月西逝逐渐暗淡，陪伴她的，只有锦被中的拂晓轻寒。

鉴赏

这首词按时间顺序描述情景，全文脉络走向分明，首句写皓月当午，写的是月上中天午夜之时，一个"才"字暗藏心绪，可见美人难眠辗转反侧，重重帘幕之下悄然无声，更显庭园幽寂凄清，抬头一看居然明月才上中天，漫漫长夜何其难熬！

麝（shè）烟指的是麝香被燃烧时散发的烟气，麝是一种似鹿而小的动物，腹部有分泌香气的香腺，称麝香。汤显祖评"'卧时留薄妆'，可思"，上阕以这句结尾确实颇有深意，女子为了养护容颜，睡前应当卸妆，而词中女子卧时却还留着妆，言外之意，是否其还在等待什么人前来相见，所以睡下也不卸妆。

时光荏苒，又想起当年青春韶华，曾经的美好就如东去流水不再复返，往事哪堪追忆，回首更平添伤感。

"花露月明残"体现了此时月明而残，是明月将沉之时，也就是天要亮了，而女子还未入睡，说明女子心绪伤怀彻夜难眠。

锦衾（qīn）是锦被的意思，出自《诗经·唐风·葛生》"角枕粲兮，锦衾烂兮"，"锦衾知晓寒"说明女子是独自一人，即便盖着锦被也只觉寒冷，更与"卧时留薄妆"形成首尾呼应，女子心中犹存期待，还"留"着薄妆夜寝，漫漫长夜最终却未等到心中所思之人，直到天明还是孤枕难眠。

这首词通篇写景皆为情所设，采用了先铺设环境渲染氛围，再含蓄婉转道出情绪的方式，将女子的哀怨表现得婉转隽永。

名家集评

明·汤显祖评语："卧时留薄妆"，可思。

清·张惠言《词选》卷一：此自卧时至晓，所谓"相忆梦难成"也。

清·陈廷焯《词则·大雅集》卷一："知"字凄警，与"愁人知夜长"同妙。

清·李冰若《花间集评注·栩庄漫记》：《菩萨蛮》十四首中，全首无生硬字句而复饶绮怨者，当推"南园满地""夜来皓月"二阕。余有佳句而无章，非全璧也。

温庭筠

萧继宗《评点校注花间集》：妇人夜寝必卸妆，所以养颜。前结用一"留"字，言外谓犹有所待也。换头不胜追昔，末以"知晓寒"作结，空虚之感，以极婉曲之辞达之，庶几温柔敦厚之遗。

菩萨蛮（竹风轻动庭除冷）

竹风轻动庭除冷，珠帘月上玲珑影。山枕隐浓妆，绿檀金凤凰。

两蛾愁黛浅，故国吴宫远。春恨正关情，画楼残点声。

译文

风轻吹过竹林，庭阶一片冷清，透过珠帘明月映出玲珑倩影。山形枕隐去浓艳梳妆，只见绿檀枕上画着描金的凤凰。

双眉黛色浅淡含着忧伤，故乡离吴宫那么遥远。春日怨恨正与情相关，画楼外的更漏声已疏残。

鉴赏

张皋文认为温庭筠的《菩萨蛮》十四首词假以情景寄托精神，皆是感士不遇之作。王国维反对此观点，他认为此十四首"皆兴到之作"，没有寄托特殊的情怀。

据考究，现存十四首虽都是写男女离别相思之情，但不是同一时间段所作，不能绝对地说全无寄托，然细读原文，也不必每首都过度揣摩，词人即兴而作也未有不可。

"竹风轻动"篇与此词牌其余篇章类似，亦是描写春天的景物，表达思念伤怀之情，令人惊叹的是，这数首词中看似相同的季节和景物，同样在诉说相思凄苦，却写出了千姿百态的风情，不仅佳句频出，更将情刻画入人心。

这首词上阕写风动竹林，月映人影，由远至近来到居室内写女子梳妆的物件，自然而然引出了女子神态含"愁"。"两蛾"指的是双眉，蚕蛾触须细长弯曲，比喻女子眉毛纤长秀丽，因此称女子双眉为"蛾眉"。

"故国吴宫远"一句有两重理解，一说吴宫泛指春秋时吴国宫殿，代指吴地，写的是西施的故乡离吴宫甚远，来表达诸如西施一般的宫内嫔妃思乡愁苦之情；一说吴宫指的是词人怀念之地，叹君门九重相离甚远之意。

末二句总结情绪，以春恨难消来收尾，只留一幅静景"画楼残点声"，铜壶滴漏记时，一夜分为五更，一更分为五点，残点指漏点将尽，画楼残点的意思便是天欲晓，女子愁思难解，一夜无眠。这两句对仗工整，意境深远，可谓融情入景的妙句。

名家集评

明·钟惺："春恨正关情，画楼残点声"，较"残更和梦长"胜。

明·汤显祖评《花间集》卷一：芟《花间》者，额以温飞卿《菩萨蛮》十四首，而李翰林一首为词家鼻祖，以生不同时，不得例入。今读之，李如藐姑仙子，已脱尽人间烟火气；温如芙蕖浴碧，杨柳挹青，意中之意，言外之言，无不巧隽而妙入。珠璧相耀，正是不妨并美。

清·张惠言《词选》卷一：此言梦醒。"春恨正关情"与五章"春梦正关情"相对双锁。"青琐""金堂""故国吴宫"，略露寓意。

清·陈廷焯《云韶集》卷一："春恨"二语是两层，言春恨正自关情，况又独居画楼而闻残点之声乎？

萧继宗《评点校注花间集》：汤临川极言"字法"，矜为创获。

至谓"当山额"与"金靥脸"皆三字法，不知"山额"为一词，"当"字谓"蕊黄"正着于"山额"之中；"金靥脸"三字，则"靥"为"壓"字之讹。"壓脸"已不成语，乃夸言为"字法"，令人失笑。张皋文谓"'青琐''吴宫'，略露寓意"，"寓意"云何？始终不敢明说，闪烁其辞，伎俩可憎。陈亦峰谓后结意有两层，其见甚是。然原文明甚，正不待亦峰沉思深玩，而后得之也。

更漏子（柳丝长）

柳丝长，春雨细，花外漏声迢递。惊塞雁，起城乌，画屏金鹧鸪。

香雾薄，透帘幕，惆怅谢家池阁。红烛背，绣帘垂，梦长君不知。

译文

柳丝柔弱细长，春雨渐渐沥沥，花丛外报更声远远传递。惊动边塞群雁，唤醒城头乌鸦，画屏上的金鹧鸪依然静默。

熏香淡薄如雾，透过帘幕，满怀惆怅缠绵如谢家姑娘的思绪。熄灭了红蜡烛，垂下了绣帘幕，君不知，夜夜长梦与君相聚。

鉴赏

《更漏子》又名"付金钗""翻翠袖""无漏子"，唐人称夜间为"更漏"，此调创于晚唐，调名本意是咏唱深夜滴漏报更的小曲，温庭筠最擅其词。

本词表现了女子长夜闻更漏触发的愁苦相思及孤寂境遇，用暗示含蓄的手法，展现了女子寂寞凄凉的内心世界。

词上阕写外景，围绕"漏声"写独处空闺的女子夜深失眠，听到雨滴之声也以为是漏声，"惊塞雁""起城乌""画屏金鹧鸪"进一步渲染氛围，不仅是人被惊扰，就连雁与乌，甚至是画屏上的鹧鸪也会闻声惊起，词人以移情的手法来体现女子内心的不安。

下阕由室外转至女子所居的室内，炉香即将燃尽，香雾渐渐稀薄，却依旧能透过层层帘幕。谢家池阁即谢娘家的华美居所，"谢娘"一称出自南朝梁刘令娴《摘同心栀子赠谢娘因附此诗》，当指某位歌女，本词代指女子居室。"红烛背"三句为情绪递进的描写，女子在惆怅寂寞中辗转难眠，不得不背对红烛，尝试尽快入睡，在好梦中解忧，末句"梦长君不知"将可悲可怜之情以意境呈现，女子知相思苦，想入梦暂缓愁情，却又忧叹自己的相思恐怕对方根本不知情，怨怅中夹杂着无限低徊。

名家集评

清·尤侗《花间集评注》卷一引：飞卿《玉楼春》《更漏子》，最为擅长之作。

清·张惠言《词选》卷一："惊塞雁"三句，言欢戚不同，兴下"梦长君不知"也。

清·陈廷焯《白雨斋词话》卷一："惊塞雁，起城乌，画屏金鹧鸪"，此言苦者自苦，乐者自乐。

清·李冰若《花间集评注·栩庄漫记》：全词意境尚佳，惜"画屏金鹧鸪"一句强植其间，文理均因而扦格矣。

俞陛云《唐五代两宋词选释》：《更漏子》四首，与《菩萨蛮》词同意。"梦长君不知"即《菩萨蛮》之"心事竟谁知""此情谁得知"也。前半词意以鸟为喻，即引起后半之意。塞雁、城乌，俱为惊起，而画屏上之鹧鸪，仍漠然无知。犹帘垂烛背，耐尽凄凉，而君不知也。

更漏子（星斗稀）

星斗稀，钟鼓歇，帘外晓莺残月。兰露重，柳风斜，满庭堆落花。

虚阁上，倚阑望，还似去年惆怅。春欲暮，思无穷，旧欢如梦中。

译文

天上的星斗稀了，城头的钟鼓停歇了，帘外的晓莺啼鸣送残月西落。兰花凝结着浓重的晨露，杨柳随风翩翩飞舞，满庭院堆着飘落的花。

空荡的楼阁上，独自倚栏眺望，心中还像去年一样惆怅。春天就要过去了，思念绵延无穷，往日的欢愉恍若梦中一般。

鉴赏

温词缠绵，意蕴丰富，此词如是。从描写女子晨起登高所望的景物，烘托其惆怅孤寂的情绪，来表露其思念情人的愁苦。

首二句由高远处写起，天欲晓时，星星稀稀落落隐去了，清晓时报夜的钟鼓停歇，星斗、钟鼓、晓莺、残月等一系列都是体现时间的意象词语，表示此时时间是在清晓，又说露重风斜，满庭落花，说明是暮春时节的清晓，上阕笔墨着重于景，景象中满是清冷凋零的画面，人虽未露面，却隐约流露着怨情。

下阕由景入情，写女子登高望远引起无限惆怅，以"虚"字起笔，即显楼阁空虚，也暗喻人物内心空虚，"倚阑望"起到承接下文的作用，女子心中万千惆怅皆由一个"望"引出，又说"似去年"，可见其惆怅之情久矣，闺怨深沉、相思之苦由来已久，又说"春欲暮"，这般年复一年的等待，此春又将逝去，女子又能有几个青春可消耗在这漫长的等候中？体现了美人对迟暮的忧惧之情。

此词词境语调读之平淡，品之情浓，既可作女子怀人思念之意，也可解为词人感叹光阴易逝，仕途不顺之情。

名家集评

明·钟惺：杜甫"悲秋向夕终"，牛峤"春欲暮，思无穷"，皆有深怨。

明·汤显祖评《花间集》卷一："帘外晓莺残月"，妙矣。而"杨柳岸，晓风残月"更过之。宋诗远不及唐，而词多不让，其故殆不可解。

清·张惠言《词选》卷一："兰露重"三句，与"塞雁""城乌"义同。

清·陈廷焯《白雨斋词话》卷一："兰露重，柳风斜，满庭堆落花"，此又言盛者自盛，衰者自衰，亦即上章苦乐之意。颠倒言之，纯是风人章法，特改换面目，人自不觉耳。

俞陛云《唐五代两宋词选释》：下阕追忆去年已在惆怅之时，则此日旧欢回首，更迢遥若梦矣。

更漏子（相见稀）

相见稀，相忆久，眉浅淡烟如柳。垂翠幕，结同心，待郎熏绣衾。

城上月，白如雪，蝉鬓美人愁绝。宫树暗，鹊桥横，玉签初报明。

译文

相见的机会总是那样稀少，思念时间却很久，眉色浅淡就像雾中垂柳。放下翠色帘幕，结好同心锦带，在熏香绣被中等候情郎来。

城头上的月色白得像雪一样，梳了蝉鬓的美人心中惆怅。庭院中树影昏暗，天上星河横斜，报晓的玉签声刚掷响。

鉴赏

这首词用语与温庭筠其他词的繁丽风格不同，此词完整叙述了思妇彻夜等待情人，而情人未来终至绝望的过程，语言简洁明净，不多做形容赘述，只讲情景经过。

首两句"相见稀，相忆久"用赋法开门见山地表述了女子的心情，点明情人分别已久。"眉浅"二字将女子与情人久不能相见而懒画蛾眉导致眉妆浅薄的情绪外化，仅以局部一特写就将女子无心粉饰容颜的心情展现出来。即便如此，她却还是心怀希望，用"垂翠幕，结同心"的痴情等候郎君相会。

下阕见景生情，写忆后愁极，往昔的欢娱如梦，如今唯见月白如雪高挂城头，女子空对一轮冷月，内心更觉悲苦。蝉鬓（bìn）：此处用来形容古代美女的发式，指发型梳整得很美观，鬓发薄如蝉翼。崔豹《古今注》卷下：魏文帝宫人莫琼树"制蝉鬓，缥缈如蝉翼，故曰蝉鬓"。

后三句以景写情，树暗指破晓时的树影转暗，鹊桥指银河，银河横斜谓夜将尽天将明。玉签是报晓的工具，从所见到所闻展现了天将黎明之景象，指深受离别之苦的女子又熬过了一个漫漫长夜，还是未能等来心中情人。

本词运用了正面烘托和反面映衬的手法，用清冷月夜、树影暗、玉签报晓渲染出凄苦冷清的情感氛围，又用"结同心""鹊桥横"等痴情苦语表露出女子对爱情的期待。

名家集评

明·汤显祖评《花间集》卷一：口头语，平衍不俗，亦是填词当家。

清·王士禛《花草蒙拾》："蝉鬓美人愁绝"，果是妙语。飞卿《更漏子》《河渎神》，凡两见之。李空同所谓自家物终久还来耶。

清·李冰若《花间集评注·栩庄漫记》：飞卿词中重句重意，屡见《花间集》中，由于意境无多，造句过求妍丽，故有此弊，不仅"蝉鬓美人"一句已也。

萧继宗《评点校注花间集》：《蒙拾》婉而谑，《漫记》严而真。

更漏子（玉炉香）

玉炉香，红蜡泪，偏照画堂秋思。眉翠薄，鬓云残，夜长衾枕寒。

梧桐树，三更雨，不道离情正苦。一叶叶，一声声，空阶滴到明。

译文

玉炉散发香味，红蜡烛流淌烛泪，偏偏照着画堂中人的秋思。蛾眉黛色淡薄，鬓间秀发散乱，漫漫长夜里只觉被冷枕寒。

窗外的梧桐树，萧瑟的三更雨，也不管屋内的人正为离别而愁苦。一滴一滴的雨点，敲打着梧桐叶，叶子一片片地飘落，一声声地作响，滴在空阶，一直到天亮。

鉴赏

温庭筠共写过六首内容相仿的《更漏子》，"玉炉香"篇也是借"更漏"的夜景，歌咏女子闺中相思情事。

这首词没有过多艳丽的描绘，全篇从室内的景致写起，将秋夜的冷清、女子的孤寂以温和平淡的语句展现在读者眼前。首三句给人呈现袅袅炉烟，红蜡正燃，笼罩画堂的景象，"泪"和"偏"字用得巧妙，写的是蜡泪，又让人不禁联想到女子心中的泪，"偏"字加入了人物的情绪，本就相思愁苦的女子，为何还要面对这样的情景，惹人更添愁绪。后三句落笔女子本身，妆容浅薄，不理鬓发正是思妇难眠哀愁的写照。

秋思是看不见、摸不着的东西，词人却以室内景结合女子妆道出了秋夜相思，下阕再作以对应的描述"梧桐树，三更雨"，恰好呼应了"偏照画堂秋思"。下阕的写法不似上阕繁复绮丽，下笔畅快淋漓，将眼前景写得直接，情感依旧婉转含蓄。末三句便是整个"秋思"的具象化，秋夜无眠，卧听夜雨，声声滴到明，仿佛这夜雨不是滴到梧桐树上，而是砸在了人的心里，碎断人肠。

梧桐夜雨的意象常出现在文人的笔下，形成了一种见字知愁意的文化惯性，这首《更漏子》包含的离愁别绪，更是这种内涵的重要组成部分。

宋·胡仔《苕溪渔隐丛话》后集卷十七：庭筠工于造语，极为绮靡，《花间集》可见矣。《更漏子》一词尤佳（词略）。

明·杨慎《评点草堂诗余》卷一：飞卿此词亦佳，总不若张子野"深院锁黄昏，阵阵芭蕉雨"更妙。

明·沈际飞《草堂诗余正集》卷一：子野句"深院锁黄昏，阵阵芭蕉雨"，似足该括此首，第观此始见其妙。

明·李廷机《草堂诗余评林》卷四：前以夜阑为思，后以夜雨为思，善能体出秋夜之思者。

清·谢章铤《赌棋山庄词话》卷八：太白如姑射仙人，温尉是王谢子弟。温尉词当看其清真，不当看其繁缛。胡元任谓庭筠工于造语，极为奇丽。然如《更漏子》云："梧桐树，三更雨，不道离情正苦。一叶叶，一声声，空阶滴到明。"语弥淡，情弥苦，非奇丽为佳者矣。

酒泉子（楚女不归）

楚女不归，楼枕小河春水。月孤明，风又起，杏花稀。

玉钗斜篸云鬓髻，裙上金缕凤。八行书，千里梦，雁南飞。

楚地女子不回归，阁楼依旧枕着小河春水。明月孤独徘徊，风又一阵阵吹起，枝头杏花已稀。

玉钗斜插在轻云般的鬓髻间，美丽的裙上绣着金凤，八行字的书信，千里远的梦魂，只盼秋雁南飞带去书信与思念。

鉴赏

《酒泉子》原是唐教坊曲，后用作词调名。东汉应劭《地理风俗记》："酒泉郡，其水若酒，故曰酒泉。"《酒泉子》词牌名取于此地名，调名本意即为咏酒泉地名的小曲。

此篇写的是一位歌女（楚女）感怀身世飘零及伤别之情。

"楚女"字义是楚地的女子，此处指歌舞女伎，在唐后期的繁华城市中，有很多背井离乡、以歌舞技艺谋生的歌舞女伎，她们的生活状况与思想情感，引发了流连市井花楼的词人的关注，因此产生了以歌舞女伎为主人公的诗词。"楼枕小河春水"的楼是"楚女"暂居之所，可理解为居所是一处临水构筑的歌楼舞馆，言女子飘零在外，栖身于水乡临河的楼阁之中。"春水"一词点明季节，"枕"字独到，将楼宇临水的结构用人的动作来体现，却又更显出物的具象。

上阕后三句写暮春月夜的景象，"月孤明"体现"楚女"月夜难寐，自伤身世，月本无所谓孤与否，但特意点出"孤明"，之于欲归却归不得的"楚女"，更加显得孤独凄清。加上"风又起，杏花稀"，景语中暗含惜春、伤别，暮春愁绪便跃然眼前。

下阕写女子的服饰装扮，分别描写了女子的头饰、鬓发和衣裙上绣的凤鸟图案，其精美华丽的服饰衬得女子的形态容颜美艳无双，这样美丽的佳人却独处异乡、飘零在外，凄怆之情不言而喻。末三句分别以"书信""梦魂""鸿雁"诉说相思之意，却又不明说雁可有将心意捎上，锦书是否寄成，此含蓄绵长的意蕴留待读者思量。

名家集评

明·钟惺："楼枕小河春水"，佳绝。

清·吴衡照《莲子居词话》卷一：《酒泉子》云，"月孤明，风又起。杏花稀"。作小令不似此着色取致，便觉寡味。

唐圭璋《词学论丛·温韦词之比较》：《酒泉子》云"裙上金缕凤"，《菩萨蛮》云"新贴绣罗襦，双双金鹧鸪"，皆写人之衣裙也。

萧继宗《评点校注花间集》：末谓雁过而音书不至，三言三句，无回旋余地，纯以意转，微嫌不醒。至前结三句，"有多少层折"，惟白雨斋中人能知之矣。

华钟彦《花间集注》卷一：楚女，指所怀者言，温词《荷叶杯》"楚女欲归南浦，朝雨。"即其例。重，明本作髻，《词律》谓髻字叶前段仄韵，非是。今据戈氏校本改，"里"与下句"凤"叶韵。金缕凤，裙上花纹也，追想楚女服饰之盛，以益其相思之苦。"八行书"三句，言相思既甚，乃欲借八行之书，抒千里之念，恰好鸿雁南飞，可达其意也。

定西番（海燕欲飞调羽）

海燕欲飞调羽，萱草绿，杏花红，隔帘栊。
双鬟翠霞金缕，一枝春艳浓。楼上月明三五，琐窗中。

译文

欲飞的燕子梳理着羽毛，萱草一片翠绿，杏花满树胭脂红，这美好都被隔在轻纱帘窗外。

两鬟点翠缀霞金丝缕缕，如一枝春花浓艳雍容，十五的明月升上了楼头，银光洒满窗中。

鉴赏

《定西番》是唐教坊曲名，后来用作词牌名，任半塘《教坊记笺订》以为，"定西番"曲调缘起，与唐将封常清平定西域有关，殆因事而作，调名本意即咏庆贺中央政权平定西北各部族的战功。

古时人们认为燕子从海上来，故称燕子为"海燕"，燕子梳理着羽毛，一片草绿花红的自然景色，下一句紧接着却是"隔帘栊"，说明即使这么美好的景色，窗内的人独自一人也无心欣赏。

上阕写燕子初飞景致优美，下阕首两句写女子新妆，将人面比作花来形容容颜无双，浓艳非凡。后二句又提月圆之夜，月色满窗，可见美景不言心事，令人不禁暗自揣度主人公的心思。

整首词只描写场景而只字不言情，但开头的轻快明艳和女子的盛妆貌美，与末句应和上阕的"隔帘栊"的"琐窗中"，却有一种强烈对比的感觉，仿佛一切美景美人都不过是虚妄，美景隔绝在外，美人独锁楼中，怎是幽怨一词就可形容的。

名家集评

明·汤显祖评《花间集》卷二：（结尾二句）不知秋思在谁家。

近代·丁寿田等《唐五代四大名家词》：如此良辰美景，而佳人幽居楼上，垂帘不卷，其情绪可想见矣。

萧继宗《评点校注花间集》：前首及后首，均及边塞事，与调名本意有关，此首则仍不外"翠霞金缕"，无可论者。临川云云，不知用意何在。

南歌子（似带如丝柳）

似带如丝柳，团酥握雪花。帘卷玉钩斜。九衢尘欲暮，逐香车。

译文

纤腰像飘带，像垂丝的杨柳般婀娜，手白嫩如握着一团洁白的雪花，玉钩卷起的窗帘横斜，香车行驶在街上，尘土飞扬，天色将暮，我追逐着香车不舍离去。

鉴赏

《南歌子》是唐教坊曲名，后用为词牌名。又名"南柯子""风蝶令"等。始自温庭筠词，因词有"恨春宵"，所以又名为"春宵曲"。

本首词写男子偶见一华美的香车路过，开头二句皆是写女子的美丽形象，她纤腰如柳，肤若凝脂，婀娜多姿，"似带如柳丝"意思是女子的腰像柳一样苗条。据《南歌子》首句一般的语法结构，"似带""如丝"都是形容柳的，即像带子、像丝线一般的垂柳。这里以柳代女子之腰。车帘卷起，玉钩斜挂，见到她玉手纤纤，好像握着一团雪一般洁白，香车在繁华的街道上行驶，即便暮色降临，他的心与眼还在追逐香车不愿离去。

温庭筠写男女情事，多以女子口吻言相思之情，很少从男性的角度写倾慕相恋，而此词描写男子对女子的追慕之狂放，一反词人过往自比女子时哀怨凄苦的风格。《南歌子·似带如丝柳》写出了男子对女子一见钟情的孟浪，短短二十三个字，将一个痴情男子的形与神都写的活灵活现，写尽了一见倾心的思慕之情，却并不轻浮，只让人脑海中尽显在行人往来的大街上，风流才子追逐香车的画面，可笑又可叹。

此词还有另一种解读，认为是闺中女子期盼男子归来。前三句写女主人公盼男子归来的情景，后二句写其想象意中人正驱车赶来。

所有深读飞卿之词的人，都有感于其率性不羁的性情，读这首《南歌子·似带如丝柳》似乎更能理解他为何被评说狂放不羁，他怀揣一颗不懂人情世故或懂了但不愿随波逐流的赤子之心，时而潇洒，时而癫狂，他不惧世俗的心就如同这首词中的男子一般，不惧众人目光，一心追慕女子，只凭心意不顾其他。

名家集评

清·李调元《雨村词话》卷一：温庭筠《南歌子》"团苏握雪花"，言花之白如团苏也，与酥同义。

谭献《词辨》卷一：源出古乐府。

萧继宗《评点校注花间集》：似结未结，亦有余韵。

南歌子（扑蕊添黄子）

扑蕊添黄子，呵花满翠鬟。鸳枕暗屏山。月明三五夜，对芳颜。

译文

拈些花蕊装点眉间额黄，轻轻吹拂鲜花，把它插满发鬟。鸳鸯枕映着屏上小山。十五的月色明亮，映着娇美的容颜。

这首词写女子月夜的相思之情，以女子月夜对镜梳妆，却只有孤枕、明月相伴，衬出女子的孤独寂寞。

首句写得生动精妙，从女子化妆着笔，用细腻的笔法将闺房女子上妆的过程形象化，"扑蕊添黄子"的意思是取花蕊装饰面容，古人的妆品多取于自然，很多人喜好用黄色的花粉来作额黄（眉间的装饰品）。词中的鬟（huán）指古时女子梳的环形发髻。

后三句风格一转，不再写人物，而是写静止的景物，由室内鸳枕写到明月，全词不写情绪如何，只用平淡的语句写人写景，通过这种白描的手法向读者传递人物情绪。

一个夜间梳妆的女子，"扑蕊""呵花"，细细装扮好自己，却只能独自欣赏芳颜。又说"月明三五夜"，说明今夜是十五，正值月圆之时。明月往往寓意着思念，尤其是十五的圆月，明月都呈团圆之相了，女子却是孤独一人，无人相问，其孤寂、相思之苦自体现在不言中。

明·汤显祖评《花间集》卷一："扑蕊""呵花"四字，未经人道过。

清·李冰若《花间集评注·栩庄漫记》：此词与上阕同一机杼，而更惆怅自怜。

萧继宗《评点校注花间集》"扑蕊"、呵花"，岂真绝诣？栩庄似谓更胜前阕，亦未必然。飞卿《南歌子》七首，以"倭堕低梳髻"一首为最胜，"手里金鹦鹉"次之，"似带如丝柳"又其次也，其余皆有小疵矣。

清平乐（上阳春晚）

上阳春晚，宫女愁蛾浅。新岁清平思同辇，争奈长安路远。

凤帐鸳被徒熏，寂寞花琐千门。竞把黄金买赋，为妾将上明君。

译文

上阳宫的春色已渐晚，宫女的蛾眉在愁绪里日日暗淡。太平新年的时候，更盼望着能与君王同车而行，怎奈去往长安的路是那样的遥远。

一次次空熏帐帘锦被，千丛花锁锁住了一道道门，也将寂寞深深地锁在了门里。只能像陈皇后黄金买赋呈送给君王，长门里盼望与君王相见。

鉴赏

《清平乐（yuè）》原为唐教坊曲名，取用汉乐府"清乐""平乐"这两个乐调而命名，在唐代时被合编为教坊曲。后用作词牌名，又名"忆萝月""醉东风"。

这是一首利用宫女天真无知与争宠献媚的心理特点及其孤独痛苦的悲情人生，来表达对宫女的同情及对封建制度的谴责的宫怨词。

在封建社会中，由于阶级划分森严，王权统治者拥有至高无上的权力，成千上万的女子被收入后宫，自此困于深宫，虚耗一生，这些女子唯一的期望就是得见君王受到恩宠，以此改变寂寞深宫，无人问津，年华空老的命运。很多词人也注意到了这个群体，因此产生了以描写宫怨为主题的宫怨词。

词的上阕写宫女春晚愁容，上阳（今河南洛阳市）是唐代高宗时修建的一所别宫的宫名，"春晚"交代了时间，也暗喻宫女青春逝去，年岁欲晚，还表达了女子对新的一年与君王同辇（niǎn）的期冀，内心的希望才刚刚燃起，却自知长安路远，希望渺茫。此处说"长安路远"指的不仅是路途遥远，还是君王与宫女们关系的疏远，前说"同辇"，转眼又叹"路远"，将宫女矛盾的内心刻画得入木三分。

下阕充满了失望与悲凉，一次又一次精心熏香打扮，期盼着君王临幸，一个"徒"字可见每一次的等待都是失望而终，宫女被锁在囚笼一样的环境中，切断了和外界的一切联系，陪伴她的只有无尽的等待和寂寞。

末二句"黄金买赋"的典故出自司马相如《长门赋序》，讲的是陈皇后受到冷遇别居长门宫，后以千金求得司马相如作《长门赋》，汉武帝刘彻阅后，陈皇后遂得复宠。这个典故喻示宫女无数次绝望又生出的一丝希望，希望她们也可以像被抛弃的陈皇后一般，千金买赋以求得见天颜。

这首词含而不露，将女儿家的心思写得细腻婉转，宫女愁容虽简单带过，却能看到其内心充满了矛盾与挣扎。

名家集评

明·汤显祖评《花间集》卷一：《清平乐》亦创自太白，见吕鹏《遏云集》，凡四首。黄玉林以二首无清逸，气韵促促，删去，殊恼人。此二词不知应作何去取。

萧继宗《评点校注花间集》：宫怨而已，难期深切。

温庭筠

清平乐（洛阳愁绝)

洛阳愁绝，杨柳花飘雪。终日行人恣攀折，桥下水流呜咽。

上马争劝离觞，南浦莺声断肠。愁杀平原年少，回首挥泪千行。

译文

洛阳城弥漫着哀伤的愁绪，令人伤心欲绝，杨花柳絮飘舞着如漫天飞雪。远行的人天天攀折柳枝，桥下的流水时时呜咽流淌。

上马时朋友争劝送别的酒，南浦的莺啼，声声都是断肠的歌喉。远行的燕赵儿郎极度伤愁，回头挥别，不禁流下千行眼泪。

鉴赏

这首词写的是惜别离情，一般送别之作多是婉转凄切，而温庭筠此词却别具一种阳刚之美，因此有人猜测这首《清平乐》可能"作于被贬之际"（见《唐五代四大名家词》)。

词首句点明离别地点是洛阳，洛阳是东周都城，以后东汉、三国魏、西晋、北魏、隋都建都于此，西汉和唐朝时则为陪都。柳絮纷飞如同雪花飞舞，表明此时正值阳春。有人远行，朋友们相聚桥边为友人送别，"终日行人恣攀折"一句，源出古人送别多折杨柳相赠的风俗，用以表达似杨柳依依的不舍之情，桥下流水呜咽正对应着人心里的悲鸣。此处不直接写离愁，却渲染出了离愁的气氛。

下阕描写具象的离别场面及别后的心情，远行的人即将上马启程，朋友们还在争相劝酒。"离觞"指送别酒，出自唐卢仝《送邵兵曹归江南》："春风杨柳陌，连骑醉离觞。"觞，酒杯，也代指酒。"南浦"是地名，出自战国楚屈原《九歌·河伯》："子交手兮东行，送美人兮南浦。"后泛指送别地。

末二句呼应首句的"愁绝"之情，"愁杀"即愁煞，形容人的情感极度哀愁，"平原"是战国时期赵国都邑，古代燕赵多慷慨悲歌之士，交友至情至性，词人引用此地儿郎来表达离别的伤感，最后又直言"回首挥泪千行"，将所有的伤心、不舍都光明正大地吐露出来。

名家集评

明·钟惺：词意似《古别离》。

清·陈廷焯《云韶集》卷一：上半阕最见风骨，下半阕微逊。上三句说杨柳，下忽接"桥下水流呜咽"六字，正以衬出折柳之悲，水亦为此呜咽。如此着墨，有一片神光，自离自合。

俞陛云《唐五代两宋词选释》：通是写离人情事，结句尤佳。临歧忍泪，恐益其悲，更难为别。至别后回头，料无人见，始痛洒千行之泪，洵情至语也。后人有出门诗云："欲泣恐伤慈母意，出门方洒泪千行。"此意于别母时赋之，弥见天性之笃。

萧继宗《评点校注花间集》：首句四字，几不成语。飞卿！飞卿！"洛阳"二字，与"蝉鬓美人"，大有出入也。

丁寿田等《唐五代四大名家词》甲篇：此词悲壮而有风骨，不类儿女惜别之作。其作于被贬之时乎？

梦江南（千万恨）

千万恨，恨极在天涯。山月不知心里事，水风空落眼前花。摇曳碧云斜。

译文

恨意千万如丝如缕，最恨的是情人远在天涯。山间的明月不知心里情事，绿水清风空落眼前繁华，明月不知不觉早已经斜入碧云外。

鉴赏

《梦江南》是唐教坊曲目，后用作词牌名，本名《谢秋娘》，是李德裕为亡伎谢秋娘所作，因白居易词中有"能不忆江南"而改名《忆江南》，后又名《梦江南》《望江南》等。

温庭筠有两首《梦江南》小令，《草堂诗余别集》在此调下有题"闺怨"。可见此词是为闺中女子所代言之作，其具体创作时间未得确证。这首《梦江南·千万恨》通过写女子因思念而恨极来表达闺房哀伤之情，通篇强调恨意，实则是以恨之切来言爱之深。

首句"千万恨"直抒恨意，然下句又说"恨极在天涯"，说明此恨有千千万万，但最恨的那一桩是远在天涯的人久久未归来，令人思念成狂。

"恨"是一种看不见摸不着的情绪，词人巧妙借景言情，说"山月"不懂人心中的煎熬，她心中纵有千万怨恨，却连一个知晓的人都没有，这才是真正的悲哀。

末二句写景，当一个百无聊赖的女子独自凝望山月暮色、水纹落花与天边斜云时，足可见女子对生活的消极心理，这一天的光阴在不知不觉中消逝，心中的思念却不断地加深。

名家集评

明·汤显祖评《花间集》卷一：风华情致，六朝人之长短句也。

明·沈际飞《草堂诗余别集》卷一："山月"二句，惨境何可言。

清·陈廷焯《云韶集》卷二十四：低细深婉，情韵无穷。

唐圭璋《唐宋词简释》：此首叙飘泊之苦，开口即说出作意。"山月"以下三句，即从"天涯"两字上，写出天涯景色，在在堪恨，在在堪伤。而远韵悠然，令人讽诵不厌。

萧继宗《评点校注花间集》：《梦江南》视七绝尤短，极不易张罗，自来佳作绝少，千不得一。大抵只有七字一联，余语不过衬贴，转成赘附。

梦江南（梳洗罢）

梳洗罢，独倚望江楼。过尽千帆皆不是，斜晖脉脉水悠悠，肠断白蘋洲。

译文

清晨梳洗完毕，独自一人倚靠着望江楼。上千艘船过去了，所盼望的人都没有出现。太阳的余晖脉脉地洒在江面上，江水慢慢地流着。思念的柔肠萦绕在那片白蘋洲上。

鉴赏

《梳洗罢》全词只有二十七个字，是写闺怨词中的小令，全词只写了女子望江楼盼夫归来的一个场景，然而望人不归，从期望到一次次失望，体现了女子的孤独凄苦。

起句"梳洗罢"看似平淡无趣，实际上表现了人物的设定和当时的情绪，承接下句独自倚靠望江楼的场景更是精妙无双，一个清晨才刚刚起床的女子，梳洗完不做别的事情，而是立刻登上望江楼去等待情人，生怕耽误了片刻就会错过情人所乘的那艘船。

然而守在楼头的女子，都不知道在此守望了多久，眼前过去了千万艘船，却没有一艘里面有她日夜思念的人。在无数次的希望与失望中，终于以一句"皆不是"粉碎了内心微弱的希望，只剩绝望断肠。"白蘋洲"，在古代诗词中泛指送别之处。"斜晖"又与开头的"梳洗"相呼应，表明时间的推移，从晨到暮，女子已在楼头整整颙望了一天，不能不断肠。

这首闺怨词写得空灵而含蓄，全词用字精练却情真意切，没有矫揉造作之态，风格清丽自然，读之情感深入其中而意犹未尽。

名家集评

明·钟惺：柳恽诗："汀洲采白蘋，日暮江南春。"

明·汤显祖评《花间集》卷一："朝朝江上望，错认几人船。"同一结想。

明·沈际飞《草堂诗余别集》卷一：痴迷，摇荡，惊悸，惑溺，尽此二十余字。

清·陈廷焯《云韶集》卷一：绝不着力，而款款深深，低徊不尽，是亦谪仙才也。吾安得不服古人？

俞陛云《唐五代两宋词选释》："千帆"二句窈窕善怀，如江文通之"黯然消魂"也。

皇甫松

皇甫松,生卒年不详,睦州新安(今浙江淳安)人,一名作嵩,字子奇,自号檀栾子,是唐代工部郎中、文学家皇甫湜之子,宰相牛僧孺之外甥。皇甫松工诗词文章,尤擅竹枝小令,久试进士不第,终生未仕。唐昭宗光化三年(900),韦庄奏请追赐温庭筠、皇甫松等人进士及第,故后称为"皇甫先辈"(对进士身份而未任官者的尊称)。

天仙子(晴野鹭鸶飞一只)

晴野鹭鸶飞一只,水蓣花发秋江碧。刘郎此日别天仙,登绮席。泪珠滴,十二晚峰高历历。

译文

晴朗的原野上飞起一只鹭鸶,江边水蓣花盛开,映衬得秋江碧水浓绿鲜艳。传说中刘郎这天就要和仙女们告别,登上相送的宴席,泪珠不禁滴落,暮色中十二高峰还那么清晰。

鉴赏

按段安节《乐府杂录》,《天仙子》本名《万斯年》,李德裕进,属龟兹部舞曲。因皇甫松词有"懊恼天仙应有以"句,取以为名。此词咏调名原意,即东汉永平年间剡县人刘晨、阮肇入天台山遇仙女的故事,托意仙缘,实写人情。这个故事后世通常用以写艳遇艳情。

首两句叙写秋景，鹭鸶是一种以捕鱼为生的水鸟，此处"一只"置于句末，用了倒装的手法，起到强调作用，重点体现人物此时孤独的心境。水蓣是丛生于江边洲涪间的水草，又称水荭，蓼科，夏秋开花，花白色或红色，满江秋水碧绿清澈，水蓣花盛开，值此鲜艳美景，却不能吸引人去欣赏。

读下句便知主人公为何野望美景却无心一观，原来是想起了当初"别天仙"的情景，刘郎指的是刘、阮二人中的刘晨，此处代指所爱之人，传说中刘、阮入天台山遇仙女后，因思归家便与仙女分别，归家后世上已是他们第七代子孙，二人又想返回仙境，在寻路过程中迷归不知所终。后世便常用刘、阮来代指久去不归的心爱男子。

词末写临别悲恸的场景，开头的景象是主人公眼前之景，而其心中却对当初离别时的场景念念不忘，词人以景结情，巧妙运用典故，借此来表达离别之痛与思念之浓。

名家集评

明·汤显祖评《花间集》卷一：余有诗云："推窗历历数晴峰。"恍与此合。

清·陈廷焯《云韶集》卷一："飞一只"，便妙。结笔得远韵。亦是从"曲终人不见，江上数峰青"化出。

华钟彦《花间集注》卷二：皇甫松词二首，皆三十四字，协仄声韵。咏天台神女事，就题发挥。

萧继宗《评点校注花间集》：此亦所谓缘题之作，词意与调之本意合也，读之令人有"会真"意。临川或真有此感，然借人自售，得无失检？

黄进德《唐五代词选集》：此词缘题而赋，托意仙缘，实叙艳遇，抒写情侣之间难舍难分的场景，情景交融，妙合无痕。

浪淘沙（滩头细草接疏林）

滩头细草接疏林，浪恶罾舡半欲沉。宿鹭眠鸥飞旧浦，去年沙觜是江心。

译文

滩头的细草连接着稀疏的丛林，渔船在恶浪中半浮半沉。投宿的沙鸥和白鹭飞着寻找旧水浦，却不知去年的沙岸如今已变成了江心。

鉴赏

《浪淘沙》是较早的词调之一，创自刘禹锡、白居易，形式与七言绝句同，二十八字，平韵，南唐后主李煜时开始为长短句，五十四字，内容则多借江水流沙以抒发人生感慨，属于"本意"（调名等于词题）一类。

皇甫松这首《浪淘沙·滩头细草接疏林》通过咏风浪之恶来感慨人世沧桑，首句写景，见滩头细草初长可知此正值春天，这样一个万物生长的季节，滩头细草、疏林连成一片，正是捕鱼的好时候，但是恶浪滔天，凶险万分，渔船随时会被打翻。罾（zēng）舡（chuán）指的是渔船。

"宿鹭眠鸥"指欲睡的水鸟，水鸟喜欢栖息在浦口滩头，"旧"字精妙，与末句如今的"沙觜"与去年的"江心"之间的变化做了铺垫，或许是因为过去的沙岸变江心，江心变沙岸，这沧海桑田的变化令水鸟也找不到以往栖息过的家。

末句略微一提"现今"与"过去"的区别，也不细说情感心境几何，全篇并未直接感慨人生，只是借景与物来呈现画面，却有沧海桑田、物是人非之感从这形象的场景中顺势而出。

名家集评

明·汤显祖评《花间集》卷一：桑田沧海，一语破尽，红颜变为白发，美少年化为鸡皮老翁，感慨系之矣！

明·卓人月《古今词统》卷一徐士俊评语：蓬莱水浅，东海扬尘，岂是诞语。

吴世昌《词林新话》卷二：末句点题，正是咏浪淘沙情况。此题与《杨柳枝》等，在当时即是所咏对象，非如后世之仅作格调句式，或藉以指桑骂槐也。

萧继宗《评点校注花间集》：《浪淘沙》二首，皆七言绝句，不当入词。至其命意若何，可不深论。

黄进德《唐五代词选集》：此词借江水骤变，以寄慨人世沧桑。造语奇警，含意蕴藉深沉。

摘得新（酌一卮）

酌一卮，须教玉笛吹。锦筵红蜡烛，莫来迟。繁红一夜经风雨，是空枝。

斟满一杯美酒，须请人来把玉笛吹奏。华宴上点亮了红蜡烛，不要耽搁来迟。繁花经过一整夜的风吹雨打，只剩下空枝。

鉴赏

《摘得新》词牌名始见《花间集》。唐王建《宫词》："众里遥抛新摘子，在前收得便承恩。"王涯《宫词》亦云："御果收时属内官，傍檐低压玉阑干。明朝摘向金华殿，尽日枝边次第看。"此调或起于唐宫中抛掷新摘果实之戏。

皇甫松作《摘得新》两首，格律与上述宫词相同，以首句《摘得新》为调名，第一首《摘得新》出自《全唐诗》，原词"摘得新，枝枝叶叶春。管弦兼美酒，最关人。平生都得几十度，展香茵。"第二首《摘得新·酌一卮》编集至《花间集》。

这首词寓意与"花开堪折直须折，莫待无花空折枝"类似，词人通过写花应趁新而摘下一样，说明面对这无常的人生，应该把握当下，及时行乐，不要等花谢了，良辰美景逝去了，再去后悔当初错过的美酒佳肴、盛景佳人。

卮（zhī）指圆形的盛酒器，出自《史记·项羽本纪》："项王曰：壮士！赐之卮酒。"在一个华宴满堂的夜晚，众人相聚宴饮，酒一杯接一杯地满上，觥筹交错间，美人吹笛伴奏，一时间载歌载舞，余音袅袅，如此人生乐事，朋友可千万不要来迟。末两句"繁红一夜经风雨，是空枝"解释了前句为何劝人莫来迟，因为花无久红，一夜风雨便凋零，人难长少，青春易逝，且世事无常，谁知明日好景是否还在？所以要珍惜眼前大好时光，把握人生，及时行乐。

这首词若只讲行乐的重要性，含义稍显单薄，其实在晚唐五代时期，面对国家衰败混乱的局面，文人的行乐更像一种哀极自损，观词中末句"是空枝"可见悲凉，所谓的及时行乐，不过是早已知晓此时此刻的繁华盛宴不会长久，梦醒之后依然要处于风雨飘摇的乱世，这种巨大的无力感让人只想大梦一场，醉在这稍纵即逝的丝竹管弦声中。

名家集评

明·钟惺：唐诗"劝君金屈卮，满酌不须辞。花落多风雨，人生是别离"，此词却是蓝本而更爽艳。

明·汤显祖评《花间集》卷一："自是寻春去较迟"，情痴之感，亦负心之痛也。摘得新者，自不落风雨之后。

明·周敬《删补唐诗选脉笺释会通评林》卷六十周珽云："此有来日苦短，秉烛夜游之意。盖花无久红，人不长少，垂念到此，可不及时行乐耶？……见得破，说得到，熟读古乐府来。"

清·况周颐《餐樱庑词话》：词以含蓄为佳，亦有不妨说尽者。皇甫子奇《摘得新》云："繁红一夜经风雨，是空枝。"语淡而沉痛欲绝。

俞陛云《唐五代两宋词选释》：清景一失，如追亡逋，少年不惜，老大徒悲。谪仙之秉烛夜游，即锦筵红烛意也。

梦江南（兰烬落）

兰烬落，屏上暗红蕉。闲梦江南梅熟日，夜船吹笛雨萧萧。人语驿边桥。

更深夜静，兰花灯烬坠落，暗淡了屏上的美人蕉。昏昏欲睡中梦见江南梅熟的日子，夜泊小船吹笛伴着风雨潇潇，有人在驿站桥边闲聊。

鉴赏

这首词描写了梦境中江南的景致，语句恬淡惬意，诉说了旅客思乡的情绪，词人将思念藏在江南美景中，含而不露，落笔之处却满是对故乡的怀念。

起笔"兰烬落"描写的是夜深人静之际的女子闺房，兰烬是蜡烛燃烧后形成的兰花形灯芯，表示此时灯也快燃尽坠落，室内昏暗冷清，也到了深夜该入睡的时间，又说本该颜色艳丽的"红蕉"因昏暗的烛光显得暗淡失色，正是衬托了主人公此时心情低落，黯然伤神。现实的夜里这般凄清孤寂，下句却紧接着写入梦后情景的美好。

"梅熟日"指江南夏初黄梅时节，这个季节的江南正是多雨季，梦境中的江南故乡，梅子正熟，细雨飘飘，绵长而温柔，此时画船轻摇，停泊于湖上，悠扬的笛声伴着潇潇夜雨，此时耳边响起熟悉的乡音，有景，有情，有鲜艳的色彩和人语，这大约就是词人心中的人间仙境。

首两句的现实与后三句的梦中都是写夜景，但现实的夜凄清孤寂，梦中却是一片江南水乡夜船、吹笛、听雨的惬意美景。词人通过对梦中景致的细腻描写，从视觉过渡到听觉，以静景结合动景，多层刻画意境清幽的梦境，将内心情感融入景物中。梦里梦外形成的强烈反差，体现了词人对梦中景象的向往，即对江南故乡的深深眷恋与思念。

名家集评

明·钟惺："人语驿边桥"，便是中晚唐警句。

明·汤显祖评《花间集》卷一：好景多在闲时，风雨潇潇何害。

明·卓人月《古今词统》卷一徐士俊评语：末句是中、晚唐警语。

清·陈廷焯《云韶集》卷一：梦境化境。词虽盛于宋，实唐人开其先路也。

唐圭璋《唐宋词简释》：此首写梦境，情味深长。"兰烬"两句，写闺中深夜景象，烛花已落，屏画已暗，人亦渐入梦境。"闲梦"二字，直贯到底，梦江南梅熟，梦夜雨吹笛，梦驿边人语，情景逼真，欢情不减。然今日空梦当年之乐事，则今日之凄苦，自在言外矣。

陆侃如、冯沅君《中国诗史》卷三：作者在这里用简略的笔触，描绘出一个动人的世界。它在唐词中，也应居上品。

采莲子（菡萏香连十顷陂）

菡萏香连十顷陂（举棹），小姑贪戏采莲迟（年少）。晚来弄水船头湿（举棹），更脱红裙裹鸭儿（年少）。

译文

荷花池中的花香连接着十顷池塘（举船桨），小姑娘贪玩把采莲之事遗忘（少年郎）。到傍晚时因戏水打湿了船头（举船桨），更脱下红罗裙子将小鸭裹藏（少年郎）。

刘永济先生在《唐五代两宋词简析》中指出,《采莲子》二首(皇甫松有两首如此样式的《采莲子》,此为其一)中之 "'举棹''年少',皆和声也。采莲时,女伴甚多,一人唱'菡萏香莲十顷陂'一句,余人齐唱'举棹'和之。""举棹""年少"类似于今人唱号子时的 "嘿哟""哟呵",起和声的作用,皆无实质性意思。

汉乐府的《江南可采莲》是反映江南采莲优美风俗的第一部作品,后来梁、陈、隋相沿《采莲曲》之作甚多,但大多轻浮艳俗,不同于先前流传的《采莲曲》,皇甫松这首《采莲子》(菡萏香连十顷陂)沿用律调,首创词牌名,描述了一幅健康活泼的采莲场景。

菡萏(hàndàn)是荷花的别称,出自《诗经·陈风·泽陂》:"彼泽之陂,有蒲菡萏。"陂(bēi)是池塘的意思。首两句写荷花满塘香飘十里,采莲的小姑娘活泼贪玩,忘记了采莲。后两句进一步描写采莲女的 "贪玩",戏水、脱裙、裹鸭,少女灵动娇憨的姿态跃然于眼前。词中的主角仿佛从头到尾都只有一个少女,但加上和声,分明描绘了一位少女作为主角歌唱这首《采莲曲》,众多一同采莲的女伴齐声合唱的盛况。

这首词将江南采莲女的活泼俏皮与采莲时热闹欢乐的景象生动地呈现在读者面前,是展示唐五代时期江南风俗人情的绝佳作品。

明·杨慎《升庵诗话》卷十一:古诗有用近俗字而不俗者,如孙光宪(按,应为皇甫松)《采莲》诗曰(略)。

明·汤显祖评《花间集》卷一：人情中语，体贴工致，不减觌面见之。

明·钟惺《唐诗归》：写出极憨便佳。

清·李冰若《花间集评注·栩庄漫记》："更脱红裙裹鸭儿"，写女儿憨态可掬。

萧继宗《评点校注花间集》：《采莲子》二首，亦全为七言绝句，旁注小字"举棹"及"年少"，如乐府中之《董逃》《上留田》，则歌时之和声也。盖诗词交递之际，词尚未脱离绝句体形而独立，似此之作，仍不得谓之词。至张子澄《柳枝》虽仍七绝骨架，但已补入实字，别成词调矣。《朱子语类》云："古乐府只是诗中泛声，后人怕失那泛声，逐一添个实字，遂成长短句，今曲子便是。"此意于子奇、子澄二人之作，可见消息。

韦庄

韦庄（约836—910），长安杜陵（今陕西西安东南）人，字端己，唐宰相韦见素之后，晚唐五代诗人、词人，其父早亡，家道中落，乾宁元年（894）进士及第，任校书郎。于战火中颠沛流离的韦庄，为避祸乱在江南漂泊十年，后又回到长安应试，辗转漂泊多年，晚年入蜀得到了王建的赏识，及朱全忠篡唐自立，于是劝王建称帝，定开国制度，古稀之年（908）官拜宰相，蜀高祖武成三年（910）八月，卒于成都。

论者谓其词与温庭筠齐名，并称"温韦"，王国维在《人间词话》中评："韦端己之词，骨秀也。"

浣溪沙（清晓妆成寒食天）

清晓妆成寒食天，柳球斜褭间花钿，卷帘直出画堂前。
指点牡丹初绽朵，日高犹自凭朱栏，含嚬不语恨春残。

译文

寒食这天一早就梳好了妆，青翠的柳条球戴在头上，在发钗间斜晃。把珠帘卷起后径直走出画堂。

用手指点那牡丹花含苞初放，日头升高了还独自靠在朱色栏杆旁。微皱双眉默怨春去得太匆忙。

鉴赏

《浣溪沙》本为舞曲，后来用作词调名，"沙"或作纱，又名

《浣纱溪》，调名本意是咏春秋越国美女西施浣纱的溪水，溪水名为若耶溪，在今浙江绍兴南十千米处。

首句"清晓妆成"点名时间是清晨，人物是一名刚梳妆完毕的女子，寒食是节令名，在清明节的前一二日，这一天按惯例需要禁火、吃冷食。柳球是古代妇女头上的一种装饰品，花钿是妇人的发钗，此句写头饰相间摇曳，实则是形容女子体态婀娜多姿。"卷帘"和"直出"两个连贯的动作体现了女子一早梳妆好，只为出门赏春。

下阕首句描写了女子迫切出门后赏牡丹的欣喜之情，"指点"二字展现了女子弄花的动作，可见其心中喜爱这春日繁花的艳丽，所以才会伸手轻点侍弄花瓣。爱春爱花的女子，从清晨赏至日头高挂，也不觉腻烦，而是独自凭栏不舍离去。女子对"春"之深情，引出末句"含颦不语恨春残"，颦是忧愁、皱眉的意思，含颦便是眉头含着忧愁，尽管文中极尽笔墨描绘了女子爱春心切、赏春喜悦，末句却以"恨春残"为结语，呼应了首句"寒食天"，可见其深意是表达女子怀春伤春之情，也是感叹自身芳华易逝，青春容颜想留却留不住。

名家集评

清·张以仁《花间词论集》：此词写少女因赏花而伤春。……首句区区七字，粗作勾描，非特时间、节令、动作皆已交代，且具见该女情切怜花之意，更隐隐暗蓄伤春之旨。次句即写晨妆，由首句"妆成"化出。"柳球"而"斜袅"，更间以"花钿"，衬出女儿活泼容态。三句以下皆写动作。……"卷帘直出"，可见其急切之意，盖清晓即已妆成，隔夜已盼今日花将绽放也。……"指点"，谓指指点点也，似一一计数然，其爱花之热情半少女娇憨之态以飞扬矣。五句写其流连盘桓不舍离去，故日高犹自凭栏以赏。……所以有末句之"含颦不语恨春残"也。……"指点"可见其飞扬欣悦之态,"不语"则反之;因牡丹之开谢,光景之推移,而感韶华之易逝。由花及人,无限伤春之意不知何自起矣!

萧继宗《评点校注花间集》:"卷帘直出",憨态有余,而"含颦不语",则已饶心事,前后微觉不类。

浣溪沙（惆怅梦余三月斜）

惆怅梦余三月斜,孤灯照碧背窗纱,小楼高阁谢娘家。
暗想玉容何所似,一枝春雪冻梅花,满身香雾簇朝霞。

译文

从梦中醒来心里还惆怅梦中事,隐约见山月低斜,孤独的灯映照墙壁背着窗纱。那幽静的小楼高阁是谢娘家。

暗暗揣想娇美的容貌像什么,是一枝初春冰雪中绽放的梅花。满身缭绕着香雾,就像簇拥着朝霞。

鉴赏

这首词上阕写主人公眼中所见之景,但因梦醒还余惆怅,心与眼皆惺忪,此景虚实难辨。呈现在人眼前的画面是山月低斜时,一座高阁小楼浮现,小楼的窗纱上映着一线孤灯,在这朦胧的月色中,佳人于案前孤灯下独坐。"谢娘"是唐代有名的妓女,李德裕的小妾,本名谢秋娘,谢娘家泛指青楼或恋人的居所。这首词中的"谢娘"不特指现实某个人,而是词人心中的幻象。

下阕用意象来描绘佳人之美,将美人的"玉容"比拟作花,她该有如雪般白皙的肌肤,如梅一般傲然疏淡的品性,身着霞彩

韦

庄

衣裙，衣袂翩翩，如梦似幻。

韦庄这首词，妙笔生花，意蕴无穷，以实境带虚境，以意象惹形象，描写女子之美貌全不做细微刻画，只烘托其超凡绝俗的韵味，结尾两句寥寥数语，足见美人形神俱肖，不可方物。

名家集评

明·钟惺："一枝春雪冻梅花"与"梨花一枝春带雨"，曲尽形容，为花锡宠。

明·汤显祖评《花间集》卷一：以"暗想"句问起，越见下二句形容快绝。

明·沈际飞《草堂诗余别集》卷一：为花锡宠。……美人洵花真身，花洵美人小影。

清·李冰若《花间集评注·栩庄漫记》："梨花一枝春带雨""一枝春雪冻梅花"，皆善于拟人，妙于形容，视"滴粉搓脂"以为美者，何啻仙凡。

唐圭璋《词学论丛·温韦词之比较》：端己写人，不似飞卿就人一一刻画，而只是略微写出一美人丰姿绰约之状态，如《浣溪沙》云："暗想玉容何所似，一枝春雪冻梅花。满身香雾簇朝霞。"

浣溪沙（夜夜相思更漏残）

夜夜相思更漏残，伤心明月凭阑干，想君思我锦衾寒。
咫尺画堂深似海，忆来唯把旧书看，几时携手入长安。

每一夜的相思都直到更漏声残，独倚栏杆伤心，只有明月相伴。想到你也思念着我，定也觉得锦被清寒。

近在咫尺的画堂却幽深似海，回忆过往只能把旧书信翻看。什么时候才能相见，携手同去长安。

鉴赏

这首词抒发了主人公自从与心上人分离之后，朝思暮想，彻夜无眠的心情。据说此词盖因王建假借教官女作词之由，将韦庄的美姬夺走，自此王建躺在了美人的温柔乡中，而被生生剥夺爱情的韦庄痛苦不已，便作下这首悼亡词。

词首句便直接表达了对爱人的刻骨思恋，夜夜相思无眠到天亮，古时以传漏报更，漏残将尽便是天欲晓的意思。"想君"一句转变视角，从对方的角度写感受，并以"锦衾寒"来表达双方相爱不能相见的凄苦。

下阕直抒胸臆，言二人近在咫尺，却所隔如山海般不得相见，回想起过往相处时的种种浓情，只能一遍又一遍翻看二人写过的书信，从中找到过去的迹象，聊以慰藉如今的伤怀。末句"几时携手入长安"乃写情之精妙，可品读出两层意蕴，一是爱妾生离，思念神伤，盼望有朝一日妾能回到身边；二是韦庄入蜀后，故乡难返，思念故国。

全词篇章言情哀怨，叙事自然，先写旧时伤感，又写对将来的期冀，起以"夜夜相思"，结以"几时携手"，足见其相思不止，不倦不怠，字句间情真意切，令人读之伤恸，心有余悲。

名家集评

明·汤显祖评《花间集》卷一："想君""忆来"二句，皆意中

53

韦

庄

意、言外言也。水中着盐，甘苦自知。

清·况周颐《餐樱庑词话》：韦端已《浣溪沙》云："咫尺画堂深似海，忆来唯把旧书看。"……一意化两，并皆佳妙。

清·李冰若《花间集评注·栩庄漫记》："想君思我锦衾寒"句由已推人，代人念已，语弥淡而情弥深矣。

俞陛云《唐五代两宋词选释》：端已相蜀后，爱妾生离，故乡难返，所作词本此两意为多。此词冀其"携手入长安"，则两意兼有。端已哀感诸作，传播蜀宫，姬见之益恸，不食而卒。惜未见端已悼逝之篇也。

丁寿田等《唐五代四大名家词》乙篇：《全唐诗话》崔郊有婢鬻于连帅，郊有诗曰："侯门一入深如海，从此萧郎是路人。"故此句言伊人所居，虽近而不得见面也。此词疑亦思念旧姬所作。

菩萨蛮（红楼别夜堪惆怅）

红楼别夜堪惆怅，香灯半卷流苏帐。残月出门时，美人和泪辞。

琵琶金翠羽，弦上黄莺语。劝我早归家，绿窗人似花。

译文

红楼告别之夜多么令人惆怅！香灯映着半卷的流苏帐。出门时月亮已经残缺，天刚破晓，美人含着泪和我辞别。

琵琶间饰有金缕翠羽，弦上娇软的莺语。那音乐在劝我早日回家，绿纱窗前人貌美如花。

根据中国古典文学专家叶嘉莹教授的研究，韦庄的《菩萨蛮五首》词中的"江南"，都是确指的江南之地，并非指蜀地。这组词创作于韦庄晚年寓居蜀地时期，是作者为回忆江南旧游而作。这首《菩萨蛮·红楼别夜堪惆怅》是对江南情事的追忆，是怀念爱人异地思归所做的词。

词上阕写离别之夜的伤感，首两句描写的是回忆中分别的情景，"红楼"泛指华美的楼房，词中指富贵人家女子所居的阁楼。那天在红楼告别，心中满是惆怅，灯影酥香，映照着半卷起的流苏帐，此刻的温馨美好映照着首句的"别夜"，愈加显得凄美。"香灯"指用香油点燃的长明灯，"流苏"，是帘幕下垂的坠物，形同麦穗，用五彩毛羽或丝绸做成。"半卷流苏帐"，指人还未入睡，所以流苏帐没有完全放下。"残月出门时，美人和泪辞"进一步写情深意浓，"残月"意味着明月已残，即将落下，即黎明将至，此时到了爱人分别的时候，美人含着眼泪相送。此情景无需多言，光是想起那依依不舍的泪眼，就足够令人悲痛。

下阕细写琵琶上的金饰翡翠鸟，这句与温庭筠的"画屏金鹧鸪"类似，间接体现弹琵琶之人的身份应是歌女，"弦上黄莺语"形容琵琶声如黄莺的啼鸣般婉转动听。末两句点明主旨，"劝我早归家，绿窗人似花"，听着美人奏曲，不禁想起家中爱人，那花容月貌的人还倚着绿窗盼望，离别时她叮嘱着要早些归家。"花"一字既形容词人心中爱人美貌如花，又暗含花期有限，青春易逝的感慨，再不归去，她那青春容颜也会如花儿一般凋零。

明·汤显祖评《花间集》卷一：词本《菩萨蛮》，而语近《江南弄》《梦江南》等，亦作者之变风也。

明·周敬《删补唐诗选脉笺释会通评林》卷六十：周埏云：《菩萨蛮》一词，倡自青莲。嗣后温飞卿辈辄多佳句，然高艳涵养有情，觉端己此首大饶奇想。

清·张德瀛《词征》卷一：词有与《风》诗意义相近者，自唐迄宋，前人巨制，多寓微旨。……韦端己"红楼别夜"，《匪风》怨也。

清·张惠言《词选》卷一：此词盖留蜀后寄意之作。一章言奉使之志，本欲速归。

谭献《词辨》卷一：亦填词中《古诗十九首》，即以读《十九首》心眼读之。

菩萨蛮（人人尽说江南好）

人人尽说江南好，游人只合江南老。春水碧于天，画船听雨眠。

垆边人似月，皓腕凝双雪。未老莫还乡，还乡须断肠。

译文

人人都称赞说江南风光美好，出游的人只想在江南终老。春天的江水比天空还蓝，躺在画船中听雨声入眠。

当垆卖酒的女子美如明月，撩袖盛酒时露出的两腕如霜雪般洁白。还未年老就不要返回故乡了，回乡后只会伤心断肠。

鉴赏

首句"人人尽说江南好"写得意味深长，表面上是称赞江南的风光甚美，所以人人都夸此处好，其实表达的是"那都是别人"说的，并不是词人所认为的，正如下句说漂泊在外的人都非常希望在江南终老一生，其中"游人"二字也暗示"想长留此地"是别人的想法。

"春水碧于天，画船听雨眠"意境超然，水美天蓝，还能闲卧画船听着雨声入眠，生活岁月静好，哪像中原战乱纷争，民不聊生，江南这样的人间仙境，怕是没有人会舍得离开。

下阕对"江南"的好又更进一步勾勒，江南当垆卖酒的女子光彩照人，卖酒时挽起袖子，露出的手腕白如霜雪。

词人将江南的生活、风景、人物之美皆涵盖其中，令人读之向往，这样好的地方，谁都会动心，所以末尾他说"未老莫还乡，还乡须断肠"，还没年老就别回故乡了，回去后会伤心断肠。

纵观全文，词人极尽笔墨绘出了一幅江南美景美人图，光是瞥见一眼，便令人神往江南的风光无限，然更深一层，细品起笔与收尾的情绪，末尾提到"还乡"二字，说明词人心中思及还乡，中国人向来信奉"叶落归根"，所以此句以"未老"来区别，即人老就应当还乡了，而一个"莫"字却说得曲折，他哪里是说还没年老不要还乡，而是有不还乡的原因，既然如此，就安慰自己还年轻，再漂泊几年也无妨，等老了再还乡。

名家集评

清·许昂霄《词综偶评》：或云江南好处，如斯而已耶？然此景此情，生长雍冀者实未曾梦见也。

清·杨希闵《词轨》卷二：昔汤义仍评韦词"春水碧于天"二句云："江南好，只如此耶？"此当是谐戏之言，未可为典要。韦词佳处不能识，尚足为义仍耶？

清·张惠言《词选》卷一：此章述蜀人劝留之辞，即下章云"满楼红袖招"也。江南即指蜀。中原沸乱，故曰"还乡须断肠"。

清·陈廷焯《云韶集》卷一：一幅春水画图。意中是乡思，笔下却说江南风景好，真是泪溢中肠，无人省得。结言风尘辛苦，不到暮年，不得回乡，预知他日还乡必断肠也，与第二语口气合。

顾宪融《词论》：其《菩萨蛮》诸作，惓惓故国之思，尤耐寻味。盖唐末中原鼎沸，韦以避乱入蜀，欲归未得，言愁始悲，所谓"未老莫还乡，还乡须断肠"也。

菩萨蛮（劝君今夜须沉醉）

劝君今夜须沉醉，尊前莫话明朝事。珍重主人心，酒深情亦深。

须愁春漏短，莫诉金杯满。遇酒且呵呵，人生能几何。

译文

奉劝你今晚一定要喝个一醉方休，酒杯前就不要再去说明天的烦心事。只需珍重主人的用心，酒喝深了感情也就深。

只需抱怨春光的短暂，不要推辞说金杯已斟满。既然有酒可喝就且乐呵着，人生又能有多少年！

鉴赏

这首《菩萨蛮·劝君今夜须沉醉》作于韦庄晚年侍蜀期间，此期间韦庄为蜀掌书记，深受蜀王王建的器重，而中原正值晚唐与后梁政权交替之际，韦庄处于有家不能回的困境。

这首劝酒词，借主人劝酒表达及时行乐的思想。更深层次反映的是词人所处时代背景下，词人面对国家衰败、社会动荡及其自身遭遇而产生的愤懑、消极情绪。

首句以主人的角度劝客人喝酒一定要喝个尽兴，沉醉，即大醉的意思。上阕以主人视角劝客人一定要尽情喝酒，喝酒的时候放下心中的抱负和责任，停止思虑明天乃至将来的福祸，好好珍惜眼前的极乐盛宴，不要辜负了主人的热情款待，酒喝得越多感情就越深。实则仅一句"尊前莫话明朝事"就可窥其深意，若是"明朝"充满光明与希望，何必要强调"莫话"，说明他心中深知明日之事不可期。

下阕转变视角以客人的身份自劝，像今夜这般畅饮的春光太短暂，我何必推辞你将我的酒杯斟得太满！就敞开心怀喝吧，人生又有多长呢？不如趁着现在的大好时光及时饮酒作乐。

这首词通篇不见悲语，劝慰别人也劝慰自己珍惜眼前时光，及时行乐，实际词人流露出的是强颜欢笑的酸楚、故作旷达的悲哀。韦庄生于大唐，晚年入蜀后虽走上人生巅峰，但故国战火连年，百姓苦不堪言，韦庄的生命态度是极其认真的，在词里故作轻松，正是对亡国之痛难言的掩饰。

名家集评

明·汤显祖评《花间集》卷一：一起一结，直写旷达之思。与郭璞《游仙》、阮籍《咏怀》，将无同调。

丁寿田等《唐五代四大名家词》乙篇："珍重"二句，以风流蕴藉之笔调，写沉郁潦倒之心情，真绝妙好词也。最后"人生能几何"一语，有将以前"年少""白头"等字样一笔勾消之概。

清·李冰若《花间集评注·栩庄漫记》：端己身经离乱，富于感伤，此词意实沉痛。谓近阮公《咏怀》，庶几近之，但非旷达语也。其源盖出于《唐风·蟋蟀》之什。

吴世昌《词林新话》卷二：此首似在席上为歌女代作劝酒词。唱者为歌女，"君"指客。歌女为主人劝客酒，故曰："珍重主人心，酒深情亦深。"是劝客饮,故曰:"莫诉金杯满。"……按词客为歌女作词,小山言之至详,柳永亦为歌女作词。此风实起于晚唐,《花间》《尊前》,皆其例也。叶嘉莹评此章"遇酒且呵呵"中"呵呵"二字一段,所论极是。

萧继宗《评点校注花间集》:栩庄所云极是,临川正未解也。

菩萨蛮(洛阳城里春光好)

洛阳城里春光好,洛阳才子他乡老。柳暗魏王堤,此时心转迷。

桃花春水渌,水上鸳鸯浴。凝恨对残晖,忆君君不知。

译文

洛阳古城里的春光无限美好,洛阳来的才子却在他乡终老。垂柳遮暗了魏王堤,这时候满心凄迷,惆怅不已。

桃花嫣红,春水青绿,水上鸳鸯在相伴戏浴。面对着夕阳余晖怨恨凝集,我思念你而你却不知道。

鉴赏

韦庄曾于中和三年(883)间为躲避战乱客居洛阳,词首句开门见山称赞洛阳春光好,春光明媚、柳绿桃红的洛阳城使人陶醉,下句"洛阳才子他乡老"才是重点,洛阳自古多才子,但生在这乱世,即便才高八斗、满腹经纶也无用武之地,就连垂垂老矣也只能流落他乡无归故里,一句"他乡老"写满了时代悲凉,那不只是韦庄的晚年,也是无数晚唐士子的共同境遇。"洛阳才子"一称原指西汉洛阳人贾谊,词中为韦庄自指。

三、四句以景写心，魏王堤是陪都洛阳的风景名胜，在魏王池上。《大明一统志·河南府志》："魏王池在洛阳县南，洛水溢为池，为唐都城之胜。贞观中以赐魏王泰，故名。"池上有堤，以隔洛水，称魏王堤。安史之乱后，洛阳便失去了以往的魅力，何况词人流连洛阳是因躲避国家战乱，游赏起来就更觉伤感了，是以"柳暗魏王堤，此时心转迷"，一个"暗"字，既是杨柳茂盛遮暗池堤，又是主人公忆及当初风光旖旎的洛阳魏王池，如今枝叶繁茂，草木丛生，今非昔比，物是人非，不禁黯然神伤，心生唏嘘之情。

下阕更进一步描绘洛阳春光好在何处，桃花盛开、春水碧绿、鸳鸯戏浴，美景如斯，本该忘怀前尘往事之烦忧，但下句紧接着说"凝恨对残晖"，情景反差之大犹如从云端跌落泥潭，又说"忆君君不知"，原来是因为深切的思念、怀念和悲苦，却无人知晓和理解，所以心中愈加郁结。

洛阳算得上是词人的第二故乡，词人写了多篇与洛阳有关的词，浓墨重彩地勾勒了一幅幅洛阳风光图，其对洛阳之深情可见一斑，字句相连之下流露出的情感中，但见春光无限却是别离难返，这种情感既是词人对洛阳旧景的怀念，也是对故国不复当年的追忆。

名家集评

明·汤显祖评《花间集》卷一：（"洛阳才子"句）可怜可怜，使我心恻。

谭献《词辨》卷一：项庄舞剑，怨而不怒之义。（评"洛阳才子"句）至此揭出。

清·陈廷焯《白雨斋词话》卷一：端己《菩萨蛮》四章，惓惓故国之思，而意婉词直，一变飞卿面目，然消息正自相通。余尝谓：

后主之视飞卿，合而离者也；端己之视飞卿，离而合者也。

清·李冰若《花间集评注·栩庄漫记》：此首以词意按之，似是客洛阳时作。与前诸首无可联系处，亦无从推断为入蜀暮年之词也。

丁寿田等《唐五代四大名家词》乙篇：结尾二语，怨而不怒，无限低徊，可谓语重心长矣。

应天长（绿槐阴里黄莺语）

绿槐阴里黄莺语，深院无人春昼午。画帘垂，金凤舞，寂寞绣屏香一炷。

碧天云，无定处，空有梦魂来去。夜夜绿窗风雨，断肠君信否。

译文

黄莺在浓绿的槐树阴里啼叫，春天无人的深院内时值中午。门前画帘低垂，绣着金凤的画帘随风起舞，寂静的绣屏内燃着一炷线香。

蓝天上飘着白云，漂浮来去没有定处，空有梦魂随它来来去去。在绿纱窗外的每一个风雨之夜，我已思君愁断了肠，你可知晓。

鉴赏

《应天长》又名"应天长慢""应天长令""应天歌""秋夜别思""驻马听"。应天指对应着天，顺应天命。西汉董仲舒《春秋繁露·三代改制质文》云："汤受命而正，应天变夏作殷号。"调名本意即咏顺应天意而能够天长地久。此词牌有两种不同体裁，分别是令词和慢词，令词始于韦庄，慢词始于柳永。

词上阕由室外之景写到室内之景，"槐"字谐音"怀"，古人常用来表达"怀人"之情，金凤是画帘上的图案。春日正午时，幽深的庭院空无一人，只闻黄莺在绿槐阴里时不时发出一声啼鸣，黄莺空啼更衬得院中静谧甚至冷清。转而又写室内画帘低垂，帘上绣着的金凤飞舞，说明此时有风，风过无人之庭院，不见人影，只有画帘随风飞舞，空寂之情油然而生，居室内一炷线香默默燃烧，孤烟缕缕，幽香寂寥，正如独处空闺的女子。"炷"字原意是灯芯，这里用作量词。

　　下阕写的是女子感怀相思入骨之情。思念的人在远方，就如天上的云朵一般漂浮不定，女子魂牵梦萦也只能在梦中相会，两人既不能相见，女子内心极度的苦闷对方自然毫不知情，所以她只能将这一腔悲情化成一句感叹："夜夜绿窗风雨，断肠君信否。"无数个风雨之夜，女子独坐于窗前陷入愁思之中，可是即便思念得肝肠寸断，对方又怎会知晓。

名家集评

　　明·汤显祖评《花间集》卷一：唐人西边之州，伊、梁、甘、石、渭、氏。《六州歌头》，本鼓吹曲也。以古兴亡事实之，音调悲壮，闻之使人慷慨，故宋人祀大恤皆用之。国朝则用《应天长》，然非此艳体也。

　　顾随《驼庵词话》卷五：文学创作是静，而又必须有"静中之动"。韦庄词："画帘垂，金凤舞。寂寞绣屏香一炷。"《应天长》静中之动。韦庄是静的、冷的。六一词是动的，热的。"绿槐阴里黄莺语"《应天长》，"绿槐阴里"是静，"黄莺语"是动。静中之动偏于静，动中之静偏于动。"绿槐阴里黄莺语"，则是愈动愈静。

　　唐圭璋《唐宋词简释》：此首，上片写昼景，下片写夜景。起两句，写帘外之静。次三句，写帘内之寂。深院莺语，绣屏香袅，其境幽绝。换头，述相思之切。着末，言风雨断肠，更觉深婉。

萧继宗《评点校注花间集》："忆君""断肠"二句，只此一意，几成滥调，又何必短长于其间。

应天长（别来半岁音书绝）

别来半岁音书绝，一寸离肠千万结。难相见，易相别，又是玉楼花似雪。

暗相思，无处说，惆怅夜来烟月。想得此时情切，泪沾红袖黦。

译文

分别半年多来一直没有收到书信，一寸离肠像打上了千万个结。相见那么困难，相别却很容易，春来玉楼又开了满枝如雪般洁白的梨花。

暗中苦苦相思，没有地方可以诉说，夜来独对烟月心中满怀惆怅。这时思念的情意更加迫切，泪水滴落把红袖沾染成黑黄色。

鉴赏

这首词描绘的是别后相忆之情。上阕写情人半年前离别、离肠百结的相思之情；下阕从女子视角，写她面对明媚的春光，日夜怀念远方的行人。这首词直接倾吐真情，毫无掩饰。语虽浅直，而情实郁结。也有人认为是韦庄"留蜀后思君之辞"，而韵文学专家羊春秋认为，这首词乃情人别后相忆之词，不必过于求深。

词首句开门见山说明题意，是因别后过去半年，音书隔绝，所以才生了无限愁肠，作下这首别后相思相忆之词，下文产生的情绪皆由此句起，离愁别绪是无形的、抽象的，词人却用一句"一寸离肠千万结"让愁情具象化。下句写相见时难，相别时易，"又是玉楼花似雪"一句中的"又"字或许是半年前离别时雪花纷飞，如今繁花盛开也似那时漫天飞舞的雪花。

下阕悲从中来，直抒胸臆，满腔哀怨只能藏于内心，不敢于人前说道，夜色朦胧时，望着天上明月，想起半年来渺无音讯的情人，不知他身在何方，耽于何事，不觉忧心忡忡。明月喻示着思念，世间游人共一轮明月，无论人在何处，仿佛将情思寄予明月，便能令对方知晓。末句"泪沾红袖黦（yuè）"说明女子曾一次又一次伤心落泪打湿红袖，才会令红袖上出现黑黄色的斑点。"黦"字的意思是衣物受潮出现的黑黄色斑点，也称"霉斑"。出自晋周处《风土记》"梅雨沾衣，服皆败黦"。

名家集评

明·卓人月《古今词统》卷六徐士俊评语：以末一字而生一首之色。

清·王士祯《花草蒙拾》：《花间》字法，最着意设色，异纹细艳，非后人纂组所及。如"泪沾红袖黦"……山谷所谓蓄锦者，其殆是耶？

清·陈廷焯《云韶集》卷二十四：押韵须如此，信笔直书，方无痕迹。

吴世昌《词林新话》卷二：端己《归国遥》《应天长》三首皆代作闺怨。《应天长》两首殆即代其姬作，想像此姬为王建夺去后之心境。

萧继宗《评点校注花间集》：后起自道，后结揣拟所思之人。

荷叶杯（记得那年花下）

记得那年花下，深夜，初识谢娘时。水堂西面画帘垂，携手暗相期。

惆怅晓莺残月，相别，从此隔音尘。如今俱是异乡人，相见更无因。

译文

记得那年在繁花掩映下，夜深人稀，初次与谢娘相遇。水边厅堂西面的绣花帘低垂，你我携手暗暗约定相会的日期。

无奈拂晓莺啼月西沉，相互告别，从此以后音信全隔绝。现在彼此都成了异乡人，要相见就更没了机会。

鉴赏

《荷叶杯》原是唐教坊曲名，后用作词调名。隋殷英童《采莲曲》有"莲叶捧成杯"句，取以为词调名。宋苏轼《中山松醪》诗自注："唐人以荷叶为酒杯，谓之碧筒酒。"调名或本此。《荷叶杯》原为单调小令，二十三字，韦庄重填成为双调，并每阕增加两字，如此词中"深夜""相别"。

据《尧山堂外纪》载："庄有宠人，姿质艳丽，善词翰。建闻之，托以教内人为词，强夺去。庄追念悒怏，作《荷叶杯》《小重山》词，情意凄怨，人相传播，盛行于时。官姬闻之，不食死。"简言之，是韦庄有一爱妾被蜀王夺走，韦庄写了《荷叶杯》《小重山》追念，爱妾读了他的词悲恸不已，绝食而亡。这便是此首《荷叶杯·记得那年花下》的创作背景。

"谢娘"一称源于东晋王凝之之妻谢道韫，后人将有才情的女子称为"谢娘"；也有说"谢娘"是李德裕的爱妾谢秋娘。此处应代指韦庄的爱妾，其爱妾富有才名，善作词。

这首词上阕极尽初遇时的美好和相处时的浓情，"记得"起笔，以下皆是回忆那些年的欢情：初次相会的地点在水堂花下，时间是深夜，"携手"二字可见男女之间两情相悦，许下来日相会佳期，那时他们情深爱浓，对未来充满期许，或许还相信此情当得长久。

下阕月落西沉，看似最寻常不过的告别，所谓的"暗相期"，却急转直下从此"隔音尘"，前有乐极而后生悲，悲情才更见惨痛。吴衡照评说"韦相清空善转"，便是如此，全词不见悲怨，字句遣词平淡，但词人将往昔之美好与如今之凄清描述得细腻具体，便有了"即便是'乐景'却更令人悲痛"的感觉。

名家集评

明·汤显祖评《花间集》卷一：情景逼真，自与寻常艳语不同。又"如今俱是异乡人"句夹批：惨。

清·吴衡照《莲子居词语》卷一：韦相清空善转。殆与温尉异曲同工。所赋《荷叶杯》，真能撼摽擗之忧，发踟蹰之爱。

清·许昂霄《词综偶评》：《荷叶杯》二阕，语淡而悲，不堪多读。

清·李冰若《花间集评注·栩庄漫记》：《浣花集》悼念亡姬之作甚多，《荷叶杯》《小重山》当属同类。杨湜宋人纪宋事且多错忤，其言不足据为典要。即如此词第二首纯为追念所欢之词，亦不似《章台柳》也。又："惆怅晓莺残月，相别"，足抵柳屯田"杨柳岸，晓风残月"一阕。

清·郑文焯《花间集评注》引：钟仲伟云，"观古今胜语，多非补假，皆由直寻"。于韦词益谅其言。

清平乐（野花芳草）

野花芳草，寂寞关山道。柳吐金丝莺语早，惆怅香闺暗老。

罗带悔结同心，独凭朱栏思深。梦觉半床斜月，小窗风触鸣琴。

译文

野花和芳草，寂寞地生长在这条关山小道旁。杨柳吐露金色丝条，黄莺早早就在鸣叫，人在香闺的惆怅中虚度光阴。

后悔当初和你罗带结成同心，如今独自身凭朱栏思念日深。梦中醒来时月光斜洒了半床，风吹进小窗，触动琴弦哀鸣作响。

鉴赏

这首词是闺中女子伤情怀人之作。

首句"野花芳草，寂寞关山道"不是实景，而是女子想象的场景，或许女子认为丈夫迟迟不归家，是因为远行的路上，关隘险阻，行路艰难，只有那野花野草生长，而人走不易，所以才耽搁了归家的日子。这是女子久候空闺之下对自己的安慰托词。"柳吐金丝"是早春时节，此时柳叶黄中透绿，还未形成一片碧绿景象，加上报春的早莺，从视觉和听觉双层渲染出了春意盎然、一派生机的景象，然而下句"惆怅香闺暗老"才是主旨，春天是充满希望的季节，可女子却只能独守空闺，虚度光阴，外景的明媚衬托女子的孤苦，则孤苦更甚。

下阕首句写女子的心理活动，"罗带悔结同心"看似是女子悔不当初，其实是爱之深责之切，若真是后悔与丈夫定情相守，如今便不会"独凭朱栏思深"，故作嗔怪怨责，正是因为爱意深浓，无处可诉，只能自怜自艾。下句说梦醒后的景象，梦境略去，梦后也并未有伤感之词，但是"半床斜月"便耐人寻味，独自入眠的女子，半月醒来，身边空无一人，旁侧只有月光作陪，何等寂寞冷清？"小窗风触鸣琴"意境非凡，声色俱佳，夜里风从小窗入，吹响了琴弦，或许是这作响的琴弦惊醒了女子，又或许是风声撩人，总之醒后便是这样一番景象，好似不喜不悲，却生无限哀思。

名家集评

明·汤显祖评《花间集》卷一：坡老咏琴，已脱风幡之案。风触鸣琴，是风是琴，须更转一解。

清·许昂霄《词综偶评》：前阕说远，后阕说近。

清·李冰若《花间集评注·栩庄漫记》：昔爱玉溪生"三更三点万家眠，露结为霜月堕烟。斗鼠上堂蝙蝠出，玉琴时动倚窗弦"一诗，以为清婉超绝。韦相此词以"惆怅香闺暗老"为骨，亦盛年自惜之意。而以"梦觉半床斜月，小窗风触鸣琴"为点醒，其声情绵邈，设色隽美，抑又过之。

萧继宗《评点校注花间集》：结语小有情致；临川"更转一解"，可谓无聊多事。

谒金门（春漏促）

春漏促，金烬暗挑残烛。一夜帘前风撼竹，梦魂相断续。

有个娇娆如玉，夜夜绣屏孤宿。闲抱琵琶寻旧曲，远山眉黛绿。

韦

庄

译文

春夜更漏声急促，灯芯燃尽将灭，挑去变暗的烛火拨亮了残烛。春风整夜吹动着帘前的丛竹，缠绵的梦魂断断续续。

有个如玉般的女子娇娆温润，夜夜独自在绣屏间孤枕独眠。无事时怀抱着琵琶寻一旧曲弹奏，双眉如远山一抹黛绿。

鉴赏

《谒金门》又名"空相忆""花自落""垂杨碧""出塞""东风吹酒面""不怕醉""醉花春""春早湖山"等，原为唐教坊曲。西汉武帝以西域大宛马铜像立于皇宫鲁班门外，因改鲁班门称金马门。西汉时的文士东方朔、扬雄、公孙弘等曾待诏金马门，称"金门待诏"。调名本意即咏朝官等待君王召见。

这首《谒金门·春漏促》描写了深闺女子的寂寞春情。

词上阕写女子闻更漏声急促，"春漏"意指春夜的更漏，更漏是古人计时的方式，一个"促"字不是形容更漏滴声急促，而是深夜寂静，更漏声音尤为刺耳，扰得人心中局促不安，在女子听来就出现了"促"的感觉。"金烬暗挑残烛"间接体现了女子深夜未眠，灯芯暗了又挑亮，如此往复，直到灯烛燃尽。下句转写室外之景，夜风吹来，把屋外的翠竹吹得沙沙作响，扰人心神，令室内本就难眠的女子，梦做得断续零碎。

下阕将女子的姿容、行为状态具象刻画，"有个娇娆如玉"形容女子容貌美丽，女子这般美貌，却只能"夜夜绣屏孤宿"，以"美"对"孤"，心理上平添挣扎，视觉上亦令人不忍，美人如斯，深夜独坐难眠，多么让人可怜可惜！末两句言女子闲时抱琵琶弹曲，"旧"字道出心意，她不弹新曲，却寻旧曲，说明其思旧情难忘怀，深陷其中不能自拔的情意所系何人，旁人无从得知，只以一句"远山眉黛绿"收尾，似有情又未明言，只余无限退想。

明·钟惺：韦庄"闲抱琵琶寻旧曲。远山眉黛绿"，张子野"弹到断肠时，春山眉黛低"，若出一手，而《花间》《草堂》语致自分。

明·汤显祖评《花间集》卷一：情不知所起，一往而深。"闲抱琵琶寻旧曲"，直是无聊之思。

明·卓人月《古今词统》卷五徐士俊：末二句与"弹到断肠时，春山眉黛低"相类，而《花间》《草堂》，语致自异，心手不知。

萧继宗《评点校注花间集》：末二句，文气不属；亦无言外意可寻。"相断续"一语，"相"字亦未安。

思帝乡（春日游）

春日游，杏花吹满头。陌上谁家年少，足风流。
妾拟将身嫁与，一生休。纵被无情弃，不能羞。

译文

春日踏青郊游，飘落的杏花吹满了头。那田间路上是谁家少年郎，如此倜傥风流。

我想如果能嫁给他，一生再无所求。即使日后被无情抛弃，也不悔恨羞愧。

鉴赏

《思帝乡》又名"万斯年曲""两心知"，由唐代词人温庭筠创调。"帝乡"指皇帝住的地方，即京城。调名本意即咏出逃在外的唐昭宗思念帝京。

这首词写游春，写相遇，写思慕，仅是开篇三个字"春日游"便引人无限遐想，"春日"正是万物觉醒的时节，铺满了对下文的情感渲染，下句用"吹"字点出杏花盛极，风一吹便缤纷而落，繁花飞舞的景象跃然于眼前。

在融融春光的漫天落花中，天真热情的怀春少女出场了，词人用一场春日出游的盛景，勾勒出少年少女相遇的浪漫，杏花纷纷扬扬飘落满天，也落在游人的青丝间，是谁家的少年风流倜傥、玉树临风，谈笑间才识尽露，此情此景令人不禁有些醉意，少女只一心想对这个少年郎表明心意，告诉他这一生若是能嫁给你就别无所求了，就算最后两人不能相守，要落个被休弃的下场，也无怨无悔！

词中描写了一个怀春少女对少年郎的大胆示爱，是一首脍炙人口的爱情表白。

这一场好似极尽笔墨书写爱情的邂逅，背后是词人以女性的视角，为她们冲破封建礼教的束缚，追求爱情自由的发声。

这首词调《思帝乡》，结合调名可见此是韦庄"托为绮词"的思唐之作。词字面解释为"女子游春时对一位风流男子的大胆示爱"，然若是从词人自比女性的角度以及其生平经历去审视，其实传达的是词人对故国的思念，春日游的盛景是对大唐王朝鼎盛时期的期许，"妾"属自比，暗喻自己即便被唐王朝抛别，偏居蜀地，也愿终生托付故国无怨无悔。

名家集评

清·贺裳《皱水轩词筌》：小词以含蓄为佳，亦有作决绝语而妙者，如韦庄"谁家年少，足风流。妾拟将身嫁与，一生休。纵被无情弃，不能羞"之类是也。牛峤"须作一生拚，尽君今日欢"，抑亦其次。柳耆卿"衣带渐宽终不悔，为伊消得人憔悴"，亦即韦意，而气加婉矣。

清·沈雄《古今词话·词品》下卷：词有写景入神者。……亦有言情得妙者，韦庄云："妾拟将身嫁与，一生休。纵被无情弃，不能羞。"牛峤云："朝暮几般心，为他情谩真。"抑亦其次。

清·李冰若《花间集评注·栩庄漫记》：爽隽如读北朝乐府"阿婆不嫁女，那得孙儿抱"诸作。

俞平伯《唐宋词选释》："休"，罢。这一辈子也就此算了。"无情"作名词用，仿佛说"薄情"，指薄情的男子。

女冠子（四月十七）

四月十七，正是去年今日，别君时。忍泪佯低面，含羞半敛眉。

不知魂已断，空有梦相随。除却天边月，没人知。

译文

又到了四月十七，去年的这个日子，是和你分别的日子。假装低了头强忍泪水，满含羞涩皱紧眉头。

却不知从此分别后魂消肠断，只有梦中才能相见追随。每晚除了天边的明月，再没有人会知晓我的思念。

鉴赏

《女冠子》为唐教坊曲名。小令始于温庭筠，长调始于柳永。女冠，亦称女黄冠、女道士、道姑。唐代女道士皆戴黄冠，因俗女子本无冠，唯女道士有冠，故名。"子"是"曲子"的省称，即小曲的意思。调名本意即为歌咏女道士情态的小曲。

韦庄《女冠子二首》的词作背景众说纷纭，有人认为其是"思姬"之作，如吴世昌认为是"忆故姬之作"（《词林新话》），华钟彦认为是"为怀念宠姬而作"（《花间集注》），也有人认为"思姬"说法证据不充分。

无论是何种说法，此二首联章体，完整地描绘了男女之间相遇、相思、相忆之情，全词言浅情深，令人悲从中来，感慨万千。

《女冠子·四月十七》是《女冠子二首》中的第一首，描写了爱人离别与别后的情景。

词上阕追忆别离之日是"四月十七"，以日期为首句的词，在整个词史上极为罕见，但正是开头这样的重要位置写上离别日期，才让人忍不住去想这个日子有多么令人难忘。分别时的她伤心落泪，却因担忧爱人见之伤怀，所以低下头强忍着泪水，装作娇羞姿态，生怕对方发觉，这并非女子姿态做作，而是关心过甚，情真意笃之举。

下阕抒发别后情苦，以"魂断"示悲，次句一个"空"字写尽凄苦，日有所思夜有所梦，只因现实不得相见，只好梦中相随，但梦中相聚醒来亦是一场空，即便如此，在别无选择之时，这也是聊以慰藉的方法，所以纵使"空"有梦，仍要相随。这样的心境无疑是凄苦悲凉的，更令人痛心的是，万般相思煎熬无人知晓，唯有明月作陪，孤枕到天明。

名家集评

华钟彦《花间集注》：端己《女冠子》二首，皆为怀念宠姬而作。

唐圭璋《唐宋词简释》：此首上片，记去年别时之苦况。一起直叙，点明时间。"忍泪"十字，写别时状态极真切。下片，写思极入梦，无人知情，亦凄婉。

吴世昌《词林新话》卷二：端己词，直达而已，如"去年今日"，全是直抒胸臆，如出水芙蓉，了无雕饰。曰"纤"曰"郁"，都是厚诬作者，硬欺读者。

萧继宗《评点校注花间集》："四月十七"，直而且拙，正因直拙，益见其深挚之情。后主《捣练子》"谁知九月初三夜，露似珍珠月似弓"，贺方回《迎春乐》"三月十三寒食夜"，读之皆能感人，直拙何足病哉！

女冠子（昨夜夜半）

昨夜夜半，枕上分明梦见，语多时。依旧桃花面，频低柳叶眉。

半羞还半喜，欲去又依依。觉来知是梦，不胜悲。

译文

昨日深夜，你我梦中分明相见了，话也说了多时。还是那鲜嫩的桃花面，不时低下柳叶似的眉。

一半是羞涩一半是欣喜，想要离去却又依依不舍。醒来时才明白那是梦，不禁满怀伤悲，难以自抑。

鉴赏

这是《女冠子二首》中的第二首词，写的是男女相会的梦境，梦中欢情甜蜜，梦醒愈悲愈苦。

首句点明入梦的时间是"昨夜夜半","分明"二字用意深远，如常人所见，梦境当是朦胧迷离的，此处却说"分明梦见"，可见此梦清晰明了，令主人公印象深刻，所以回忆起梦中情节前，主人公道出一句："我分明梦到了我们相见时的种种，此时回想起来历历在目。"如此印象分明的梦，许是日思夜想，时想时新，才能将"桃花面""柳叶眉"梦得如此细腻清楚。"桃花面"一词源于"去年今日此门中，人面桃花相映红。人面不知何处去，桃花依旧笑春风"。后遂以"桃花面"来表示所思念的美女。

这场旖旎多情的梦，半是羞涩半是欣喜，绵绵情话说不尽，依依惜别不忍去，道不尽的恩爱缠绵，直叫人想长留梦中不愿醒来，但人要离别，梦终会醒。末尾以"觉来知是梦，不胜悲"作结语，才真正痛心，梦中不知是梦，只觉佳人相会缱绻缠绵，心中充满欣喜，醒后才知是梦，现实里孤独凄凉，孤枕相伴，梦里梦外形成鲜明对比，岂能不悲从中来？

名家集评

清·李冰若《花间集评注·栩庄漫记》：韦相《女冠子》"四月十七"一首，描摹情景，使人惆怅。而"昨夜夜半"一首稍为不及，以结句意尽故也。若士谓与题意稍远，实为胶柱之见。唐词不尽本题意，何足为病。

夏承焘《唐宋词欣赏·论韦庄词》：第一首的上片写情人相别，下片写别后相思；第二首的上片写由相思而入梦，下片结句写梦醒后的悲苦。两首合起来只写一件事。前人论文有"密不容针""疏可走马"的说法，这正可用来分别评论温庭筠、韦庄两位词家的某些小令的不同风格。

唐圭璋《唐宋词简释》：此首通篇记梦境，一气赶下。梦中言语、情态皆真切生动。着末一句翻腾，将梦境点明，凝重而沉痛。韦词结句多畅发尽致，与温词之多含蓄者不同。

华钟彦《花间集注》卷三：按端己《女冠子》二首，皆为怀念宠姬而作。

更漏子（钟鼓寒）

钟鼓寒，楼阁暝，月照古桐金井。深院闭，小庭空，落花香露红。

烟柳重，春雾薄，灯背水窗高阁。闲倚户，暗沾衣，待郎郎不归。

译文

钟鼓寒重，楼阁晦暗，月光照着金井边的古桐。深深的院落紧闭，小小的庭院空寂，落花沾着香露铺满了一地残红。

烟柳重重，春雾淡薄，在高阁临水的窗前，灯光就要渐渐熄灭。闲来倚靠着门户，眼泪暗暗落下沾湿了衣裳，她苦苦等待情郎归来，他却迟迟不归。

鉴赏

这首词以景语开篇，烘托出凄凉寂寞的氛围，在结尾以女子的神态、动作略点愁绪，将满腔哀怨宣泄而出。

钟鼓是物，却被赋予"寒"的感知，想必是女子内心寒凉孤寂，"暝（míng）"是昏暗的意思，楼阁昏暗无光，月色笼罩着井边的老桐树，庭院幽深紧闭，空荡清冷，女子伫立空院中，看花露从花瓣上滴下，自古落花喻愁思，点缀上"寒""暝""深""空"

"落花""香露"等词，画面中的女子，内心怎能不凄苦。

下阕进一步写景，更深露重，杨柳低垂似烟，雾淡说明雾要散了，天快亮了，女子还独立于灯旁守着窗儿，"闲"字点出女子的懒怠，女子无心做事，因过度思念情郎而泪湿衣裳，日夜苦等的心上人却迟迟不归来。千言万语不必言说，仅是郎不归，就足以令人掩面泣下。

名家集评

清·陈廷焯《云韶集》卷一："落花"五字，凄绝秀绝。结笔楚楚可怜。

华钟彦《花间集注》卷三：按唐五代词，《更漏子》调后阕起句均与二、三句叶韵，惟此词则否，是为变格。

萧继宗《评点校注花间集》：白雨斋此评二语，差强人意。

酒泉子（月落星沉）

月落星沉，楼上美人春睡。绿云倾，金枕腻，画屏深。

子规啼破相思梦，曙色东方才动。柳烟轻，花露重，思难任。

译文

月已落星也低沉，楼阁上的美人春睡未醒。乌发如云侧斜，金丝枕上湿腻，绣花屏风幽深。

子规鸟叫醒了缠绵的相思梦，东方这时候刚吐露曙光。柳间晨雾轻拂，花上晓露浓重，难忍相思忧伤。

这首词写春日深夜美人沉睡，被惊扰春梦后的相思难抑之情。

词首句描写高远之处的景象，"月落星沉"的意思是明月将西落，星辰也逐渐隐去，意味着黎明将至，此时转至楼上居室内，美人正在安睡。"绿云倾，金枕腻"细写美人睡状，"绿云"形容女子秀发轻盈飘逸，此处亦指女子姿容清丽，"金枕"一词源于晋干宝《搜神记》卷一六，陇西辛道度外出游学，遇一青衣女子，留宿三夜，临别，以金枕一枚相赠。后即用作枕的美称指华美的枕头。

下阕写美人梦醒，"啼破"二字妙绝，将"子规"凭空一声惊醒梦中人的不识趣展现得淋漓尽致，美人正在做着与爱人相会的美梦，但啼叫声破坏了梦中情事。末句"思难任"点明美人的离愁别绪，此情相思不堪承受离别，要如何排解心中忧伤，或是只能夜夜入那相思梦。

明·钟惺：李贺诗："露重湿花蕙兰气，楚罗之帱卧皇子。"视此情景宛然。

明·汤显祖评《花间集》卷二：不作美的子规，故当夜半啼血。

萧继宗《评点校注花间集》：端己词亦常用艳字，如"绿云""金枕""画屏"之类，究不如飞卿之稠叠惹眼，故自稍胜。

木兰花（独上小楼春欲暮）

独上小楼春欲暮，愁望玉关芳草路。消息断，不逢人，却敛细眉归绣户。

坐看落花空叹息，罗袂湿斑红泪滴。千山万水不曾行，魂梦欲教何处觅？

译文

春将尽时一人独自登上小楼，远望去征人所在处的芳草路发愁。那里消息断了，又碰不到来人，只好敛着眉回到闺房内空守。

坐看窗前落花纷纷空自叹息，罗衣袖上湿斑点点热泪下滴。相隔万水千山，这条路从来没有走过，该让游魂幽梦到哪里去寻觅呢？

鉴赏

《木兰花》原唐教坊曲名，后用为词牌名。又名《木兰花令》《减字木兰花》《偷声木兰花》《木兰花慢》等，字数、体格皆有不同。

这首词描写了女子因思念远征爱人而产生的哀伤幽怨之情。

首句写女子独自登上小楼，时值春日将尽，春暮时易生时光虚度、年华空老之情，本就令人伤怀，而女子登高不为赏景，只是想看一看玉门关方向的道路，"玉关"原指玉门关，此处泛指征人所在的远方。古诗云"春草兮萋萋，王孙兮不归"，"芳草路"正是离恨悲戚的象征。下句暗吐无奈心声，远方思念的征人音信全无，路上也看不到一个人影，此番登楼又是毫无收获，便只能失望地下楼回到房中继续等待。

下阕承接上文，描述了女子"归绣户"后的情景，"坐看落花空叹息，罗袂湿斑红泪滴"便是女子伤心失落的神态，从叹息到泪滴，可见女子的心绪是动态变化的。"红泪"出自晋王嘉《拾遗记》，据载，魏文帝曹丕所爱美人与父母分别，泪下沾衣。其在车中用玉唾壶承泪，壶变成红色。到京城后，壶中泪凝聚如血。后即以"红泪"称女子悲伤的眼泪。结尾空留女子叹息，这千山万水之隔，路途遥远，自己即便欲与爱人梦中相会也难以实现。女子将怨怼指向了自身无处寻路，实则是征人难归不得相见，却又不忍责怪的无奈之情。

名家集评

明·汤显祖评《花间集》卷二：（末句）与"梦中不识路""打起黄莺儿"可并不朽。

清·李冰若《花间集评注·栩庄漫记》："千山""魂梦"二语，荡气回肠，声哀情苦。

俞陛云《唐五代两宋词选释》：此词意欲归唐，与《菩萨蛮》第四首同。结句言水复山重，梦魂难觅，与沈休文诗"梦中不识路，何以慰相思"，皆情至之语。

萧继宗《评点校注花间集》：《花间》诸作，多写闺阁相思之情，亦见征戍行役之苦。岂无一二豪杰之士，突破藩篱，至今千篇一律如是？一则词体初成，摘艳薰香，视为文风之正；再则时代不安，劳人思妇，已属世事之常也。《木兰花》体格与后人所作不异，惟第三句，用六字折腰，句法微有不同，至前后各为一韵，终嫌割裂。

小重山（一闭昭阳春又春）

一闭昭阳春又春，夜寒宫漏永，梦君恩。卧思陈事暗销魂，罗衣湿，红袂有啼痕。

歌吹隔重阍。绕庭芳草绿，倚长门。万般惆怅向谁论？凝情立，宫殿欲黄昏。

昭阳殿关闭后过了一年又一年，寒夜里宫中更漏漫长，梦见君王隆恩。躺着追思往事只能独自暗暗悲伤，身上罗衣湿了，红袖边已沾满了泪痕。

宫外笙歌曼舞被重门阻隔，青青的芳草凄凄地绕着庭阶，独自身倚长门。心中万般惆怅能对谁去诉说？只能凝情而立，望着幽深的宫殿又近黄昏。

《小重山》又名《小重山令》《小冲山》《柳色新》等。相传这个词牌是韦庄为思念宠姬所创。宠姬闻此曲调后抑郁而终，《小重山》调名逐渐成为凄苦思念的代名词。

"昭阳"本指汉代宫名，是汉成帝时赵飞燕姐妹所居之处，后指皇后寝宫，此处代指王建之宫，喻指宠姬被王建收入宫中之后，过了一年又一年，"夜寒宫漏永"以女子视角描写宫中长夜难熬，"宫漏"指的是宫中计时的刻漏，"永"字暗藏惆怅，更漏漫长得好似永远也滴不尽，形容女子凄怆煎熬的内心。思及往日的恩宠像梦一般难辨真假，如今却也只能守着寂寞长夜，独自流泪伤悲。

悲痛至此，便是无可言深，下阕换了一种情境铺垫哀怨，以殿门外笙歌曼舞、繁华依旧来对比重门阻隔之下女子居所的凄凉寂寥，芳草萋萋长满庭前台阶，可见此处冷清久无人来访，女子倚着长门，一年又一年地苦苦等待，内心充斥着绝望和无助，却无人可诉说。收尾空余"宫殿欲黄昏"，看似平淡却触目惊心。

宋·杨湜《古今词话》：韦庄以才名寓蜀，王建割据，遂羁留之。庄有宠人，资质艳丽，兼善词翰。建闻之，托以教内人为词强庄夺去。庄追念悒怏，作《小重山》及《空相忆》云（略）。情意凄怨，人相传播，盛行于时。姬后传闻之，遂不食而卒。

明·杨慎《词品》卷二：韦庄《小重山》前段，今本"罗衣湿"下，遗"新揾旧啼痕"五字。

明·汤显祖评《花间集》卷二：（"红袂"句）向作"新揾旧啼痕"，语更超远。"宫殿欲黄昏"，何等凄绝。宫词中妙句也。

明·茅暎《词的》卷三：雨露难沾，自是恩不胜怨。又："红袂有啼痕"与"罗衣湿"句复。秦词"新啼痕间旧啼痕"亦始诸此。

萧继宗《评点校注花间集》：杨湜之言，谬不足据，栩庄所见即是。红袂句，他本无作"新揾旧啼痕"者，临川云云，特传奇家声调，自以为佳，竟欲以之乱古人楮叶，可叹！

牛峤

牛峤，生卒年不详，字松卿、延峰，唐宰相牛僧孺之孙。祖籍安定鹑觚（今甘肃灵台），后徙狄道（今甘肃临洮）。

其尤善词，《花间集》录存其词 32 首。其词善制小令，多写闺情，莹艳缛丽，风格与温庭筠相近。于僖宗乾符五年（878）登进士第。历官拾遗、补阙、尚书郎。大顺二年（891），入王建西川幕府为节度判官。及前蜀开国，拜秘书监，官终给事中。

柳枝（解冻风来末上青）

解冻风来末上青，解垂罗袖拜卿卿。无端袅娜临官路，舞送行人过一生。

译文

东风吹绿枝头嫩芽，柳枝飘荡如起舞的罗袖相拜。无缘无故对着人来人往的道路婀娜飘荡，用舞姿来伴送行人度过一生。

鉴赏

《柳枝》又名《杨柳枝》，乐府横笛曲《折杨柳》是其前身，始于隋时。后唐白居易据以翻为新曲，并被采入教坊。又用为词调，有二十八、四十、四十四字诸体，内容皆咏柳。

这首词表象咏柳，实则写人，将风尘女子以柳相代，同情其迎来送往的悲惨一生。

首二句写景，"解冻风"指东风。出自《礼记·月令》："孟春之月……东风解冻，蛰虫始振。"东风解冻，意指寒冬过去，春日来临，杨柳枝头发出新芽，低垂的柳条随风舞动，就如女子敛袖拜人。后两句形容柳枝招摇起舞，迎送行人，实际是描写风尘女子的境况，她们趁着青春年华，拂袖揽客，迎来送往无数人，但年华老去风姿不再时，还能袅娜起舞吗？"舞送行人过一生"是空泛而短暂的一生，也是令人同情的一生。

名家集评

明·汤显祖评《花间集》卷二：《杨枝》《柳枝》《杨柳枝》，总以物托兴。前人无甚分析，但极咏物之致，而能抒作者怀，能下读者泪，斯其至矣。"舞送行人"等句，正是使人悲惋。

清·李冰若《花间集评注·栩庄漫记》：咏物词多以比兴取长，然描写寄托之中，要有作者骨格在焉。"舞送行人过一生"，又何其托体之卑而无骨也。

黄进德《唐五代词选集》：此词用拟人化手法赋官路垂柳的袅娜多姿和平生遭际。

柳枝（吴王宫里色偏深）

吴王宫里色偏深，一簇纤条万缕金。不愤钱塘苏小小，引郎松下结同心。

译文

吴王宫苑里柳枝的颜色特别深沉，一簇簇细枝条就像万缕黄金。真不服那个钱塘才女苏小小，引着情郎在松树下缔结同心。

牛峤

鉴赏

　　这首词借柳咏情，吴王宫指吴王夫差为西施所造的馆娃宫，故址在今江苏苏州。词首二句描写柳树多而浓郁，一缕缕柳条纤细婉媚，柳枝初发的嫩芽金黄，柳色与松色一样，二者相比柳树也不逊色半分，但苏小小却偏偏选择在松下与情郎定情，而不选择柳下，这让"柳"感到"不忿"，苏小小是南齐时期钱塘的名妓，容貌绝世，才华横溢，其家院中多柳树，古乐府《苏小小歌》："妾乘油壁车，郎骑青骢马。何处结同心？西陵松柏下。"

　　词中提到的馆娃宫和苏小小，一个在苏州，一个在钱塘，有人认为这首词是说苏州之柳胜于钱塘。因为词首两句描绘了苏州柳之绝色，然而钱塘的苏小小之所以选择松下结同心，定是钱塘柳逊色于松。也有一种说法是"柳枝"常用于送别，故而柳树有离别之意，柳下结同心有情人分别的寓意，而松柏代表坚贞不渝，所以情人才会选择松下起誓。如此理解，词中柳树对松柏的不忿，表面看似不满，实则是羡慕。

名家集评

　　明·杨慎《升庵诗话》卷六：牛峤《杨柳枝》词（略）。按古乐府《小小歌》有云："妾乘油壁车，郎乘青骢马。何处结同心，西陵松柏下。"牛诗用此意，咏柳而贬松。唐人所谓"尊题格"也。后人改"松下"作"枝下"，语意索然矣。

　　明·徐渤《徐氏笔精》卷四：古人咏柳，必比美人；咏美人，必比柳。不独以其态相似，亦柔曼两相宜也。若松桧竹柏，用之于美人，则乏婉媚耳。唐牛峤《柳枝》词云（略），亦谓美人不宜松下也。誉柳贬松，殊有深兴。

　　清·沈雄《古今词话·词评》上卷：牛峤……《杨柳枝》词："不忿钱塘苏小小，引郎松下结同心。"见推于时。

应天长（玉楼春望晴烟灭）

玉楼春望晴烟灭，舞衫斜卷金条脱。黄鹂娇啭声初歇，杏花飘尽龙山雪。

凤钗低赴节，筵上王孙愁绝。鸳鸯对衔罗结，两情深夜月。

译文

春日登楼眺望远处，烟雨初晴，舞衣飘动，露出腕上晃动的金钏。黄莺鸟婉转的啼鸣声刚停歇，杏花满天飘落，像龙山的白雪。

凤钗轻轻敲打着节拍，宴席上，王孙公子心绪激荡高涨。一对鸳鸯用罗带打成结，夜月下两人情深似海。

鉴赏

这首词描写的是舞女在筵席上寄情王孙公子，表达了女子的一片深情及对爱情、幸福的追求。

首句以春日玉楼登高所望之景起笔，描绘了楼外烟雨初晴的绝美风光，又将视线拉回楼中，一舞女正翩翩起舞，衣裙随风摇曳时而露出腕上晃动的金钏，如此良辰美景，又有美人曼妙舞蹈作陪，欢乐美妙的气息扑面而来。

后句从听觉、视觉两个方面入手，以黄鹂娇啼、杏花如雪烘托浪漫氛围。"王孙"泛指贵族公子，此处"王孙愁绝"并非字面王孙忧愁之极的意思，试想美景佳肴、美人起舞的景象，王孙应作惊艳美人，感叹美景之感想。

末两句情浓，"鸳鸯"被视为爱情的象征，常用来表达夫妻之间的恩爱和忠贞。又说舞女与王孙月下定情，展现了男女之间美好的爱情过程。然深究其意，站在舞女的视角看，这一段爱情看似情深似海，但王孙内心作何感想我们不得而知，出身低贱的舞女和贵族公子是否拥有真正的爱情呢？这些问题留待其中令人遐想。

名家集评

明·汤显祖评《花间集》卷二：峭壁孤松，寒潭秋月，庶足比二词之高洁。

萧继宗《评点校注花间集》：读后段四句，试冥想欧陆宫廷舞会后情景，抑又何殊？

更漏子（春夜阑）

春夜阑，更漏促，金烬暗挑残烛。惊梦断，锦屏深，两乡明月心。

闺草碧，望归客，还是不知消息。辜负我，悔怜君，告天天不闻。

译文

漫漫春夜将尽，报时更漏声促，灯芯燃尽变暗，又一次挑亮残烛。好梦已被惊扰，锦屏更觉幽深，明月映出两地的人心。

闺阁外芳草碧绿，我盼望远行的人归来，但等待多时，还是不知消息。这般辜负我，我后悔深爱着郎君，我向天倾诉，苍天却充耳不闻。

鉴赏

这首词写女子春宵怀人之情。

上阕写女子"梦断"后室内的情景，居室内"漏促"并非真正的更漏声急促，而是夜深人静衬托得"更漏"的声音更加明显，女子浅眠，就连计时的漏声也能将她从梦中惊醒，梦中定是正与思念之人相会，所以醒后心中满是那未归的爱人，只能对着明月思人。"残""断""深"三字烘托了哀伤凄婉的环境氛围，闺中女子独守空房，思念远方的亲人，通宵不寐，直到天明。

下阕情景交融烘托相思之情苦深，由明月过渡到室外的境况，闺阁外草都碧绿了，思念的人却还未归，如今音信全无，连一丝消息也无从得知。从触景怀人再到生情，紧接着发出控诉"辜负我，悔怜君，告天天不闻"，将女子对爱人的怨怼之情脱口而出，这世间有多少离恨怨情，即便向苍天告知，怕是也不会被理会。

纵观全文，看似女子因独守空房而悔恨与君相识，实则是假托责怪怨怼之辞，传达爱深思苦的心声。

名家集评

明·汤显祖评《花间集》卷二：女娲补不到，天有离恨天。世间缺陷事不少，天也管不得许多。

萧继宗《评点校注花间集》：末三句貌似纯真，实为率笔。

望江怨（东风急）

东风急，惜别花时手频执。罗帏愁独入。马嘶残雨春芜湿，倚门立。寄语薄情郎，粉香和泪泣。

译文

东风吹得正急，繁花盛开时两人手牵着手依依惜别，生怕罗帐再一人独入。马叫声嘶鸣，残雨打湿了青青草，独倚门柱呆立。请传话给薄情的郎君，她的泪水从粉香的脸颊流下，满面皆是泪痕。

鉴赏

《望江怨》仅于《花间集》见牛峤一首，沈雄《古今词话·词评》引陆游语，言《望江怨》为闺中曲，是盛唐遗音。

从体式上看，这是一首小令，是词人代女子发声，表达盼郎郎不归的怨恨之情。首句"东风急"给人一种东风袭来的紧迫感，实际吹东风应是春季，一个"急"字是为了引出下句繁花盛开时别离，东风吹来时的感觉像是催促依依不舍的两人分别。未分别时的美好对比分别后罗帷独入之寂寞，光是想想就令人哀愁。后三句刻画了女子盼郎归的动作和心理，嘴上嗔怪"薄情郎"，心里却还期冀着郎君知晓她苦苦等待的心意，尽早归来相聚。

前有惜别，执手频顾情深似海，后有盼归，遥寄相思哀怨凄恻，全词布景造情，层次分明，将女子对情郎的爱意、思念、幽怨表达得酣畅淋漓。

名家集评

明·汤显祖评《花间集》卷二："一庭疏雨湿春愁""马嘶残雨春芜湿"，皆集中秀句。"湿"字俱下得天然。

清·万树《词律》卷二：或于"入"字分段。然此小令，必不分也。此调作者绝少，是应以此词为准绳矣。

清·许昂霄《词综偶评》：有急弦促柱之妙。

清·况周颐《餐樱庑词话》：昔人情语艳语，大都靡曼为工。牛松卿《望江怨》词、《西溪子》词，繁弦促柱间，有劲气暗转，愈转愈深。此等佳处，南宋名作中，间一见之。北宋人虽绵薄如柳屯田，顾未克办。

清·郑文焯《花间集评注》引：文情往复，杂写景中，致足讽味。

俞陛云《唐五代两宋词选释》：当花时春好，而郎偏远出，临歧执手殷勤，留君不住，看驱马向平芜而去。懒入虚帏，姑立门前凝望，泪痕湿粉，而行者已遥，惟有寄语使知，以明我之相忆耳。三十五字中，次第写来，情调凄恻。

萧继宗《评点校注花间集》：各家所评皆极是，可见佳作必有目共赏也。全文只三十五字，视薛侍郎之离别难，则少许远胜多许矣。

菩萨蛮（舞裙香暖金泥凤）

舞裙香暖金泥凤，画梁语燕惊残梦。门外柳花飞，玉郎犹未归。

愁匀红粉泪，眉剪春山翠。何处是辽阳，锦屏春昼长。

译文

香暖的舞裙妆点着金粉凤凰，梁上的春燕呢喃碎语，惊醒了残梦一场。门外柳絮在随风飞舞，外出的夫君还未归乡。

含愁重新匀了带泪的红粉妆，紧锁的双眉宛如春山的翠痕。辽阳这个地方究竟在何处，织锦屏间的春日好漫长。

鉴赏

这是牛峤七首《菩萨蛮》中的一首，咏女子思夫的愁怨心绪。

首句细腻刻画了女子服饰之精美，间接可见女子容貌之艳丽，次句写被梁上燕子惊醒残梦，"残"字说明梦未做完，带着余梦的伤感和懊恼。画风一转，只见柳絮飞舞，飘絮有漂泊零落之感，自然而然便引出丈夫未归的愁思。"愁匀红粉泪"体现女子仍对丈夫归来抱有急切的期望，所以在意维护容貌，同时侧面反映女子已哭花了面妆，所以要重新补匀。女子问出"何处是辽阳"，辽阳古来为征戍之地，在诗词中泛指边塞地区。可见其思念之人是征战的将士。

闺阁女子思念情郎总是哀怨的，而所念之人是征人身份时，又添了几分悲壮，征人不归，许是正铁骑奔腾、追敌逐寇，在那寒风凛冽的边塞保家卫国。女子困守在深闺，连门也不曾出，更不能知晓遥远的辽阳是何地，即使万般思念，也只能独守画屏深处苦苦等待。

名家集评

清·李冰若《花间集评注·栩庄漫记》：松卿《菩萨蛮》"舞裙香暖"一首，词意明晰，层次井然。盖首句形容服饰之丽，次句燕语惊梦。以下由梦醒凝望而见柳花，次联忆远人之未归，因而念及远人所在之地，愈增相思，倍觉春昼之长也。全词流丽动人，而皋文《词选》云："惊残梦一点，以下纯是梦境。"不知其如何推测为此语也。

俞陛云《唐五代两宋词选释》：温飞卿《菩萨蛮》词及《更漏子》，乃感士之不遇，兼怀君国。此词哀思绮恨，殆亦同之。

唐圭璋《唐宋词简释》：此首，首句形容服饰之盛，次句言燕语惊梦。以下言梦醒凝望，柳花乱飞，遂忆及远人未归。换头，言勉强梳洗，愁终难释。"何处"两句，更念及远人所在之处，愈增相思；相思无已，故倍觉春昼之长。写来声情顿挫，自臻妙境。

萧继宗《评点校注花间集》：《词选》说是梦境，而栩庄不知。吾独知之，为之下一解曰：痴人爱说梦耳。海绡翁亦爱说梦，于其说梦窗词中见之，特为拈出，俾读者举一而反三也。

酒泉子（记得去年）

记得去年，烟暖杏园花正发，雪飘香。江草绿，柳丝长。
钿车纤手卷帘望，眉学春山样。凤钗低袅翠鬟上，落梅妆。

译文

记得去年这时候，烟雾湿暖的杏园内繁花正开，宛如白雪纷飞，还散发着香气。江边的草绿了，杨柳垂丝细长。

雕花香车内纤手卷帘张望，双眉模仿春山模样描绘。低垂的金凤钗在发鬟上摇摆，额头点着梅妆。

鉴赏

美好的回忆总是充满如诗如画般的意境，每每想起，脑海中便有了挥之不去的画面：是繁花盛开，花瓣飞舞如漫天白雪；是江草碧绿，春意盎然，柳丝绵长，袅娜摇曳。

词篇以一句"记得"起笔，皆是追忆往昔美好，上阕刻画的景象栩栩如生，使读者恍若身临其中。下阕画面瞬转，语言镜头调到了女子的身上，从华美的香车着手，描写车内的女子卷帘望外的情景，后三句细腻刻画了女子的妆容和发饰，体现了女子美艳的姿容。"落梅妆"是古代妇女的一种面部妆饰，又称"梅花妆"或"寿阳妆"。据传南朝宋武帝之女寿阳公主，日卧含章殿檐下，梅花飘落于其额，成五出之华，拂之不去，因仿之为梅花妆。

全词皆为忆中情景，可见男子之痴恋深情。

名家集评

明·汤显祖评《花间集》卷二：远山眉，落梅妆，石华袖，古语新裁，令人远想。

萧继宗《评点校注花间集》：《酒泉子》体式甚繁，韵脚错落，有似西洋诗，词中独具一格者。或谓后起"望"字应读平声，意谓"妆"字与"长"字韵叶相去过远。此说论他调则可，以之绳《酒泉子》，则殊不然也。

杨景龙《花间集校注》：落梅妆：即梅花妆，寿阳妆。古时女子妆式，描梅花状于额上为饰。相传始于南朝宋寿阳公主。《太平御览》卷九七○引《宋书》："武帝女寿阳公主人日卧于含章檐下，梅花落公主额上，成五出之华，拂之不去，皇后留之。自后有梅花妆，后人多效之。"唐李白《上清宝鼎诗》："龙子善变化，化作梅花妆。"

玉楼春（春入横塘摇浅浪）

春入横塘摇浅浪，花落小园空惆怅。此情谁信为狂夫，恨翠愁红流枕上。

小玉窗前嗔燕语，红泪滴穿金线缕。雁归不见报郎归，织成锦字封过与。

译文

春风吹入横塘摇起层层浅浪，小园落花纷纷令人空自惆怅。这情谁相信是为那个狂夫？愁眉下的眼泪全流在了枕上。

小玉在纱窗前嗔怪燕语呢喃，伤心的泪滴穿了身上的金缕线。大雁归来却不见报郎君归还，只能封了织锦书信请它递传。

这首词描写了女子怨恨"狂夫"不归的哀伤情绪。"狂夫"字义是感情狂放、不拘礼法之士，也是古代妇女对自己丈夫的谦词。

《列女传·辩通传》"楚野辨女"："既有狂夫，昭氏在内矣。"这是辨女对郑大夫说的，昭氏是她的丈夫。

首句点明季节是春天，以春风吹横塘转入小园中花落，自古落花惹情伤，女子便顺理成章发出了"空惆怅"的感叹，这惆怅之情起源何处？谁能想到竟是为了那"狂夫"，那哀伤愁思夜夜使得泪水湿透枕头。

下阕延续上阕的思念之哀，"小玉"一词出自唐蒋防《霍小玉传》，讲述霍小玉被丈夫李益遗弃的故事。这里泛指思妇。独守空房的女子伤心欲绝，泪水似乎要滴穿缕衣，其悲苦之情可见一斑。即便如此悲伤绝望，尾句却又心存希望，看到大雁归来更加思念渺无音讯的丈夫，早已写了书信封存，就等着雁过时将信带去，女子期望着，若是丈夫看到信中的万般思念，回心转意，也好早日归来。

明·汤显祖评《花间集》卷二：隽调中时下隽句，隽句中时下隽字，读之甘芳浃齿。

清·张宗橚（sù）《词林纪事》卷七：此调下半阕换韵，仅见《花间集》牛给事松卿一首，唐宋诸家无照此填者。此阕（按：指方乔《玉楼春》"赠紫行"）盖仿其体，但平仄与给事迥异。恐不可为法也。

清·沈雄《古今词话·词辨》上卷：《古今词谱》曰：大石调曲，《词统》又作林钟商调。词中不失"玉楼春"三字者，顾夐也。

通首一韵者，徐昌图、温庭筠、欧阳修、宋祁也。前后两韵者，牛峤、韦庄也。

萧继宗《评点校注花间集》：传奇家度曲，总以隽句隽字为得意，此词中何者为隽字，殆非临川莫辨矣。前后异韵，颇损调风。

杨景龙《花间集校注》：锦字：锦字书，用苏蕙织锦回文典。封过与：把书信封好寄与他。过与：给与。《云谣集·抛球乐》："当初姊姊分明道，莫把真心过与他。"

张泌

张泌，生卒年不详，字子澄，淮南（今江苏扬州）人，后主时官至内史舍人，但《花间集》按例不收南唐词人作品，故此说存疑。又说其曾入蜀逗留，所以入集。出处存疑，现无从考究。然其词风介于温、韦之间，与韦庄风格较为接近，风格婉丽，时有佳句。

浣溪沙（晚逐香车入凤城）

晚逐香车入凤城，东风斜拂绣帘轻，慢回娇眼笑盈盈。
消息未通何计是，便须佯醉且随行，依稀闻道太狂生。

译文

傍晚时我追逐香车一起进了京城，东风把绣帘轻轻掀起，她慢慢回头，我终于看到她的容貌，娇美的眼中带着盈盈的笑意。

没法传递心意，那可怎么才好，只得装成喝醉酒跟随前行的狂徒，隐约听她在嗔骂这人好生轻狂。

鉴赏

男子对女子一见钟情后的逐车行径，放在任何时代都是张狂的，在晚唐五代的时代背景下，文人受国家衰败必然趋势与暂得偷安得过且过的极端心态折磨，开始将对家国天下的情感压抑宣泄在男女情事上，于是此间诞生了许多男女界限混淆的场景，譬如游春、踏青等场合的风流韵事。

词首句开门见山地说明全词起于"逐香车"，男子许是在众人游春散去后，对香车内的女子一见倾心，但苦于没有认识的机缘，便一路追随车驾进了城内，他正苦于今日一别再也不能相见，却恰巧吹来一阵东风，香车绣帘被吹起，哪怕只是"斜拂"，露出的面容并不多。车内的人或许早已知晓男子"追车"的行径，"慢回娇眼笑盈盈"便是女子回应的神态。

下阕写追车入城后男子的心境变化，追了一路不知不觉竟入城中，城中人多眼杂，这样紧追其后的行为怕是过于狂浪，男子急中生智，"伴醉且随行"，装作喝醉了的样子继续追随，女子先前已"慢回娇眼"，此时岂能不知他是装醉呢，只见女子故作嗔骂"狂生"，这一骂不是呵斥，而是笑眼盈盈、打情骂俏，词以此句收尾落幕，词中男女后事如何留待猜想，但男子逐车，女子默许且回以笑眼，足见非一人单恋，而是二人皆有意。词中所写情事，活泼真挚，狂而不浪，令人读之不免会心一笑：少男少女情之所起，兴之所至，真个是风流大胆！

名家集评

明·卓人月《古今词统》卷四徐士俊评末句云：闻此语，当更狂矣。

清·李冰若《花间集评注·栩庄漫记》：子澄笔下无难达之情，无不尽之境，信手描写，情状如生，所谓冰雪聪明者也。如此词活画出一个狂少年举动来。

鲁迅《二心集·唐朝的钉梢》：上海的摩登少年要勾搭摩登小姐，首先第一步，是追随不舍，术语谓之"钉梢"。……我一向以为这是现在的洋场上才有的，今看《花间集》，乃知道唐朝就已经有了这样的事，那里面有张泌的《浣溪沙》调十首，其九云（词略）。这分明和现代的钉梢法是一致的。

姜方锬《蜀词人评传》：近人谓此词真挚活跃，艳而不淫，恨稍露耳。

萧继宗《评点校注花间集》：狂态如画，然不觉可憎。结句七字，煞住全篇，是何等功力！近人绍兴周某，强译为今语，一种市井恶少嘴脸，读之便可厌。

临江仙（烟收湘渚秋江静）

烟收湘渚秋江静，蕉花露泣愁红。五云双鹤去无踪。几回魂断，凝望向长空。

翠竹暗留珠泪怨，闲调宝瑟波中。花鬟月鬓绿云重。古祠深殿，香冷雨和风。

译文

秋日雾散后湘江岸一片静谧，美人蕉含露像是在哭泣。舜帝乘骑仙鹤驾着五色祥云已去无影踪，二妃多少次失魂落魄，久久伫立凝望着长空。

丛丛翠竹暗留下泪珠的哀怨，在湘江风波浪中弹起忧伤的宝瑟。如花似月的二妃鬟发乌黑深浓层叠如云，却在古祠深殿，守着冷香和细雨寒风。

鉴赏

《临江仙》原为唐代教坊曲名，又名"谢新恩""雁后归""画屏春"等。临江仙源起颇多歧说，一说言仙事，一说咏水中女神，近代学者任半塘先生据敦煌词有句云"岸阔临江底见沙"谓词意涉及临江。"临"本意是俯身看物，临江而看的其中就有水中仙子、神仙。但中国历代所祭祀的是哪一位水仙并不确定。像伍子胥被称为长江水仙，屈原为湘江水仙，舜之二妃、三国魏曹植笔下的洛河女神等等。

这首词咏舜之二妃娥皇、女英，首句从环境入手，写湘江静给人以寂寥之感，蕉露泣给人以哀怨愁绝之痛，"蕉"隐喻美人之意，词人以蕉露如泣，代指美人泣泪。"五云双鹤"是仙人所乘的五色云彩和成双白鹤，上阕由景起笔写到仙踪无觅，空留惆怅向长空，下阕情景交融细写湘妃如泣如诉的凄凉之情，"翠竹暗留珠泪怨"指翠竹上留下带怨的珠泪，出于《述异记》，据载，舜南巡，葬于苍梧，舜二妃娥皇、女英泪下沾竹，竹文全成为斑，故称为"斑竹"或"湘妃竹"，下句以湘妃鼓瑟来相和，形象动人。"花鬟月鬓绿云重"形容鬓发浓密，头上梳着像花一样的环形发髻，耳边的鬓发似绿云重重，也可联想到人之貌美。"古祠"指今湖南湘阴北洞庭湖畔之黄陵庙，即湘妃祠，幽深的殿中常年凄风苦雨，此处以环境烘托悲剧的氛围。

全词以景起情，以景结情，运用湘妃典故将情景自然融合，流露出哀怨凄凉的情绪，创作出神话幽怨空灵的意境。

名家集评

明·汤显祖评《花间集》卷二：词气委婉，不即不离，水仙之雅调也。

明·周敬《删补唐诗选脉笺释会通评林》卷六十：周启琦云，帆影落时，绿芜涨岸，可方此词。

清·李冰若《花间集评注·栩庄漫记》："蕉花露泣愁红"，凄艳之句。全词亦极缥缈之思，不落凡俗。

华钟彦《花间集注》卷四：按此词咏湘妃也。

萧继宗《评点校注花间集》：此词为湘妃庙作，盖用本调原意。

酒泉子（春雨打窗）

春雨打窗，惊梦觉来天气晓。画堂深，红焰小，背兰钮。酒香喷鼻懒开缸，惆怅更无人共醉。旧巢中，新燕子，语双双。

译文

春雨敲打着小窗，从梦中惊醒时天已经拂晓。画堂空寂幽深，红烛光焰微小，兰膏香灯熄了。

好酒香气扑鼻，却懒得打开瓦缸，心中惆怅，没有人和我共醉。往年的旧巢中，住着新飞来的燕子，双双呢喃絮叨。

鉴赏

春雨打窗惊醒睡梦人，画堂幽深寂寥，烛火熄灭了，情不知所起，梦断难再续，环境幽微，忧伤的情绪也笼罩着周身。"兰钮（gāng）"是以兰膏为油所点燃的灯，一个"背"字指出香灯已灭，与次句"天气晓"相呼应，黎明将至室内灯灭，此时正值夜尽昼来的交替之时，听闻屋外下着雨，室内无灯昏暗不明，阴沉之感不言而喻。

明明酒香醉人，却连酒缸也懒得打开，哪里是不爱酒了？实在是独自一人，无人相伴，无心饮酒。末尾以旧巢新燕暗藏愁绪，冬去春来，南飞的燕子成双成对归来，这醉人春色与美酒就在眼前，我思念的那个人为何却迟迟不归！

这首词以首句春雨打窗揭开春天的帷幕，又对居室内景致做了细腻的刻画，借酒来表达无人共醉的孤独、寂寞之情，意境唯

张泌

美清新，令人回味无穷。

名家集评

明·汤显祖评《花间集》卷二：抚景怀人，如怨如慕，何减《摽梅》诸什。

萧继宗《评点校注花间集》：前半为侵晓之景，后起忽以酒香燕语相续，极不协调，而临川独赏之，何也？

生查子（相见稀）

相见稀，喜相见，相见还相远。檀画荔枝红，金蔓蜻蜓软。
鱼雁疏，芳信断，花落庭阴晚。可惜玉肌肤，销瘦成慵懒。

译文

相见那样稀少，相见时多么喜悦，相见后还得相别遥远。用浅红色画出了荔枝图案，钗上的金丝蜻蜓微颤。

鱼雁久未出现，别后音信已断，花落满庭院阴沉晦暗。可惜白皙温润的肤肌，已经消瘦得疲软松散。

鉴赏

《生查（zhā）子》又名"相和柳""梅溪渡""陌上郎"等。《尊前集》中注《生查子》为商调，商调最易于抒发怨抑之情，因此《生查子》调常用于寄托怀人、怨叹题材。

古时车马慢，一次离别多是经年不见，遇上战乱更是音信难通。词中女子感叹的聚少离多，是明明相见时喜上眉梢，却心知很快又要离别，他要去的地方那么遥远，下一次再见还遥遥无期。"檀（tán）"是画家七十二色中的檀色，即浅红色，"檀画"句从女子妆容和首饰等细节描写，映衬出女子容貌美艳、身姿窈窕。

下阕暗叹与君别后音信全无，女子在相思岁月中蹉跎，朱颜日渐凋谢，身形日渐消瘦。"销"，即"消"。"鱼雁"代指书信，借鱼传书信，有秘密情书之意，"花落庭阴晚"因景伤情，落花飘零平添伤感，庭院阴沉更添愁绪，面对此情此景，下句接上独自相思的女子心生韶华易逝、春光易老之情，衔接得自然融洽，情真意切。

明·汤显祖评《花间集》卷二：信笔而往，无一浮蔓，非止口头禅也。

萧继宗《评点校注花间集》：首三句，小有转折，似不近情；古代狭邪之禁甚宽，而闺阃之防颇严，实事如是，或亦今人所不易解。

江城子（浣花溪上见卿卿）

浣花溪上见卿卿，脸波秋水明。黛眉轻。绿云高绾，金簇小蜻蜓。好是问他来得么，和笑道，莫多情。

译文

浣花溪边遇见那个意中人，她的眼波就像秋水般明净，黛眉纤细轻盈，高盘的乌发如云，发髻间好似停了一簇簇金色小蜻蜓。情不自禁地问她能来相会吗，她含笑回答说，不要自作多情。

鉴赏

《江城子》又名"村意远""江神子""水晶帘"。原意咏江城（金陵，今南京）之事，如欧阳炯以此调填词"如西子镜照江城"便是按题意咏扬子江畔的古城金陵，"子"是曲名后缀。

词开头交代起因，相遇的地点是浣花溪上，"卿卿"二字含有爱慕之意，男子看见女子的第一眼，便再也移不开追逐的目光，从脸到眼、眉、发髻，处处细致观察。"脸波"应指眼波，此句形容女子的眼睛如水波一样清澈明亮，灵动透彻的双眼显出人的俏丽活泼，细长清秀的眉毛搭配上高绾的发髻，就连发髻间金色蜻蜓样式的头饰也灵动起来。这一系列的描写将女子的形象生动展示出来。尾句是男子终于鼓起勇气想与姑娘约会，却被姑娘笑着拒绝了，前有"和笑道"做语气表情铺垫，可见女子对男子的邀约心中不怒反调笑之，"莫多情"三字便有欲拒还迎之意，实写得意味深长，姑娘或是故作矜持，并非真正拒绝，文到此处收尾，未刻画男子被拒后是何窘态，这场暗含羞怯的相遇却给读者以无限想象。

名家集评

清·沈雄《古今词话·词评》卷上：《才调集》曰，江南张泌字子澄，为李后主内史。以《江城子》二阕得名。……少与邻女浣衣善，经年不见，夜必梦之。女别字，泌寄以诗云："多情只有春庭月，犹为情人照落花。"浣衣流泪而已。

清·叶申芗《本事词》卷上：张泌仕南唐，为内史舍人，初与邻女浣衣相善，为赋《江城子》云，"浣花溪上见卿卿（略）"。后经年不复相见。张夜梦之，因寄绝句云："别梦依稀到谢家，小廊回合曲栏斜。多情只有春庭月，犹为离人照落花。"

宋·黄昇《唐宋诸贤绝妙词选》卷一：唐词多无换头，如此词两段（指"碧栏干外小中庭"与本阕），自是两首，故两押"情"字。今人不知，合为一首，则误矣。

明·汤显祖评《花间集》卷二：黄升叔旸云，唐词多无换头，如此词自是两首，故重押两"情"字、两"明"字。合作一首者，误矣。

明·卓人月《古今词统》卷三徐士俊评语：二词风流调笑，类李易安。

胡蝶儿（胡蝶儿）

胡蝶儿，晚春时。阿娇初著淡黄衣，倚窗学画伊。
还似花间见，双双对对飞。无端和泪拭燕脂，惹教双翅垂。

译文

漂亮的蝴蝶儿，在晚春时纷飞。阿娇新换上淡黄的轻薄罗衣，倚靠窗前正学着画蝴蝶。

还像花丛中见到的那样，成双结对地相随翩飞。突然无故掉起了眼泪，徒惹纸上蝴蝶双翅低垂。

鉴赏

《胡蝶儿》，词牌名，《花间集》仅见此一首，因前三字为"胡蝶儿"故起为调名，意即咏画中的蝴蝶。

词开篇点题，继而说明季节是晚春，暮春三月，草木茂盛，繁花开遍，花丛间蝴蝶翩翩飞舞。"阿娇"是汉武帝姑母馆陶公主的女儿陈皇后，小名陈阿娇，后用以代称少女，词中指画蝴蝶的姑娘，姑娘新换上鲜嫩的淡黄色衣裳，青春活泼、娇俏可人，她被蝴蝶吸引，正倚窗作画，"倚"字传神，将小女儿靠着窗台作画的慵懒闲适神态流露出来，不多时，少女妙笔生花，一对蝴蝶跃然于纸上，成双成对栩栩如生，就如在花丛间的真蝴蝶一样，少女不由得触景生情，蝴蝶恩爱成双，自己却形单影只，伤春之情瞬起而泪流不止。尾句精妙，词人写少女伤心落泪，却不再深入描写其如何伤心，只以画中蝴蝶双翅低垂来展现少女的内心，画随心动，以画中蝴蝶的哀伤来表达少女的凄婉。

全篇情感自然曲折，变化万千，将少女画蝴蝶前后的心境变化刻画得灵动传神，此间情意婉转真挚、清丽隽永。

名家集评

清·陈廷焯《云韶集》卷一：妮妮之态，一一绘出。干卿甚事，如许钟情耶？

俞平伯《唐宋词选释》：这词不写真的蝴蝶，而写画的蝴蝶；画上的蝴蝶却处处当作真蝴蝶去写，又关合作画美人的情感。

夏承焘《唐宋词选》：这首词不是写蝴蝶，而是写少女画蝴蝶。"还似花间见"，用"似"字，就不是真的花间的蝴蝶，而是绘画中的蝴蝶。"无端"两句是说由于落泪而把蝴蝶画坏了。少女为什么爱画双双对对的蝴蝶？画蝴蝶为什么又无端落泪？作者没有明说，这是含蓄的写法。

华钟彦《花间集注》卷五：唐宋作者，鲜用此调。今所传者，只此一首而已。

萧继宗《评点校注花间集》：此子澄创调也，即景即情，故自佳妙。汤评甚是，白雨斋忽此无聊语，殊无可取。

毛文锡　毛文锡，生卒年不详，字平珪，高阳（今属河北，一说属河南）人。年十四登进士第，后仕前蜀，效力于前蜀高祖王建，任中书舍人、翰林学士，永平四年（914），由翰林学士承旨迁礼部尚书，判枢密院事。通正元年（916），兼文思殿大学士，官至司徒。

虞美人（宝檀金缕鸳鸯枕）

宝檀金缕鸳鸯枕，绶带盘宫锦。夕阳低映小窗明。南园绿树语莺莺。梦难成。

玉炉香暖频添炷，满地飘轻絮。珠帘不卷度沉烟。庭前闲立画秋千，艳阳天。

译文

檀木套着金丝绣的鸳鸯枕，华美的绸带束起宫锦。夕阳西下，照亮了低矮的小窗，南园的绿树上，黄莺叫个不停，连梦也难做成。

不时往熏香玉炉中添加燃料，飞扬的柳絮满地轻飘。沉香之烟漫出垂挂的珠帘，庭院前闲立着彩饰的秋千如画卷，天上阳光正灿烂。

鉴赏

《虞美人》为唐代教坊曲，始词见于敦煌曲子词，又名"一江春水""玉壶水""巫山十二峰"等，相传《虞美人》调起于项羽之姬妾虞姬。虞姬常随侍军中，汉兵围项羽于垓下，项羽夜起在帐中饮酒，悲歌慷慨，虞姬以歌和之。

这首词描写深闺女子午睡醒来百无聊赖的情景。

开头两句描写室内景致，"枕""锦"暗示女子在床上睡醒后起身穿衣，下句夕阳西下点明女子应是午睡，酣睡至夕阳照进小窗方才醒来。女子或是正做着美梦，却被园中黄莺惊扰，一句"梦难成"便将其醒后梦断，心有懊恼的心思表露出来。

下阕描绘的场景如画，园中柳絮纷飞，秋千孤独立于庭中，夕阳的余晖洒满了庭园，珠帘后的身影若隐若现，原是女子在居室内添香，细长的烟雾悄悄上升着，沉香余味缭绕，弥漫在整个房中，好一幅红袖添香、闲度时光的仕女图。

名家集评

明·汤显祖评《花间集》卷二：（首句）富丽。又：唐人旧曲云："帐中草草军情变。"宋黄载万亦云："楚歌声起霸图休。"似专为虞姬发论。二词虽芬芳袭人，何以命意迥隔？

清·王士禛《花草蒙拾》：词中佳语，多从诗出，如顾太尉"蝉吟人静，斜日傍小窗明"，毛司徒"夕阳低映小窗明"，皆本黄奴"夕阳如有意，偏傍小窗明"。

宋·黄大舆（载万）《虞美人》：世间离恨何时了。不为英雄少。楚歌声起霸图休。玉帐佳人血泪、满东流。葛荒葵老芜城暮。玉貌知何处。至今芳草解婆娑。只有当时魂魄、未消磨。

萧继宗《评点校注花间集》：末两句春和景明，亦是可人，不独"夕阳低映小窗明"为可诵也。

杨景龙《花间集校注》：宝檀句：言枕之精美。宝檀，作枕之檀香木。以其珍贵，故称。唐鉴空《示柳珵》："牛虎相交与角牙，宝檀终不灭其华。"

赞成功（海棠未坼）

海棠未坼，万点深红。香包缄结一重重。似含羞态，邀勒春风。蜂来蝶去，任绕芳丛。

昨夜微雨，飘洒庭中。忽闻声滴井边桐。美人惊起，坐听晨钟。快教折取，戴玉珑璁。

译文

海棠花还未开裂，凝聚了万点深红。香蕾饱满紧裹的花瓣一重重，仿佛含着娇羞姿态，殷勤地邀约春风。蜜蜂蝴蝶飞来飞去，在缭绕的花丛间任意穿梭。

昨夜下了微雨，飘洒在小庭院中。忽然听到雨声滴落井边梧桐，美人从睡中惊起，坐起身来听晨钟。快叫人前去折取一枝海棠，戴上宛如玉玲珑。

鉴赏

《赞成功》调始于毛文锡，唐宋鲜有用者，调名本意是咏辅佐君王成就功业。

本词中以海棠花为题材，描绘了海棠花将开未开时的美艳，又以春风、蜜蜂、蝴蝶等烘托生动热闹的氛围。

"未坼（chè）"是没有裂开的意思，这里指海棠花没有绽放花朵，深红的花蕾被花瓣重重包裹着。"似含羞态，邀勒春风"，堪称意境灵动，将含苞待放的海棠比拟成了活灵活现的含羞小女儿的姿态，海棠邀来春风做伴，花丛间蜜蜂蝴蝶忙碌飞舞，春天热闹繁华的气息扑面而来。

昨夜下过小雨，庭中还是湿漉漉的，雨后空气清新自然，井边的梧桐树叶上还挂着雨滴，时而掉落发出声响，惊醒了尚未晨起的美人，美人静静坐着聆听晨钟敲响，忽而想起园中的海棠花，急忙叫人去折取来，若是戴在青丝发间，必定能让自己更加美丽。"珑璁（lóngcōng）"金玉声，此指首饰。词中美人希望摘取海棠戴作头饰，也可以理解为女子对美好事物充满向往与追求。

名家集评

清·沈雄《古今词话·词评》下卷，曹掌公曰："董文友，殆仿毛文锡之《赞成功》而不及者也，颖异居然第一。"

清·王国维《人间词话·附录》：叶梦得谓："文锡词以质直为情致，殊不知流于率露。诸人评庸陋词者，必曰：此仿毛文锡《赞成功》而不及者"。其言是也。

萧继宗《评点校注花间集》：前半言海棠未放，后半言美人闻夜半之微雨，惟恐好花之易谢，而惊起，而坐听晨钟，而折花簪鬓，一种惜花之心，与杜秋娘《金缕衣》同其机杼，亦非全无可取。惟遣词拙率，行文冗弱，遂贻讪诮耳。使取其意而易以他调，以警炼之笔为之，未尝不可成一佳篇也。

更漏子（春夜阑）

春夜阑，春恨切，花外子规啼月。人不见，梦难凭，红纱一点灯。

偏怨别，是芳节，庭下丁香千结。宵雾散，晓霞辉，梁间双燕飞。

　　沉沉春夜将尽，绵绵春恨正深切，花丛外子规鸟声声啼叫。思念之人已不见踪影，相思的梦也难以做成，我就像那红纱帐映着的孤灯一点。

　　心中最怨离别时刻，正是芳菲时节，庭院中的丁香花花繁叶茂，如同愁心缠绕郁结。夜雾渐渐消散，朝霞吐露晨晖，燕子在梁间翩然双飞。

鉴赏

　　女子怀人，彻夜不眠，嘴上分明说着怨与恨，心中实是爱意深浓，只因思念过于浓郁沉重，满腔的爱意化成了字里行间的"恨切""怨别"。这是闺怨词常见的女子情思，幽怨中蕴含着真挚的情感。

　　"子规"是杜鹃鸟的别称，因发出的声音凄婉哀切，犹如盼子回归，便有杜鹃啼归的寓意，所以也叫"子归"，词中写春夜将尽时闻子规啼叫，说明女子通宵难寐，独守天明，心中愁绪难以排解的原因是思念之人还未归来。

　　"红纱一点灯"既是女子独守空闺，对着红纱灯罩内的孤灯心有所感，也是自比孤寂之人就如孤灯一盏，天将明时烛火微小的焰芯摇曳着，似乎随时要熄灭。

　　"芳节"是百花盛开的时节，即言此时是春季，春季开百花，词中却只说"丁香千结"，丁香含苞待放的花苞犹如一个个结团，因此常用于比喻忧思愁结难以排解。"宵雾"即夜雾，夜雾散去，表明黎明将至，体现女子彻夜难眠至天明。以"双燕飞"作收尾，更以燕成双相伴之情衬托出女子的孤寂可怜，乐景衬悲情则情更生悲，词中意境构画得缠绵悱恻，低回无限。

名家集评

清·陈廷焯《云韶集》卷一:"红纱一点灯",真妙。我读之不知何故,只是瞠目呆望,不觉失声一哭。我知普天下世人读之,亦无不瞠目呆望失声一哭也。又:"红纱一点灯",五字五点血。

清·李冰若《花间集评注·庄漫记》:文锡词质直寡味,如此首之婉而多怨,绝不概见,应为其压卷之作。又:文锡词在《花间》旧评均列入下品,然亦时有秀句,如"红纱一点灯"。

俞陛云《唐五代两宋词选释》:上阕言春夜之怀人。质言之,人既不见,虚索之梦又无凭,则当前相伴,惟此一点纱灯,照我迷离梦境耳。下阕言春日之怀人,霞明雾散,见燕双而人独也。

唐圭璋《词学论丛·唐宋两代蜀词》:亦宛转凄怨。

萧继宗《评点校注花间集》:陈亦峰一副鸳鸯蝴蝶派面孔,为"红纱一点灯"五字,乃欲"普天下世人""失声一哭",亏他办得两行急泪!

甘州遍(春光好)

春光好,公子爱闲游,足风流。金鞍白马,雕弓宝剑,红缨锦襜出长楸。

花蔽膝,玉衔头。寻芳逐胜欢宴,丝竹不曾休。美人唱,揭调是甘州,醉红楼。尧年舜日,乐圣永无忧。

译文

春日风光正好,公子闲来无事最喜欢出游,如此潇洒风流。骑着白马配金鞍,挎了雕弓提宝剑,手牵红色马缰,身穿锦绣短衣,骑着马儿穿过满是楸树的大道。

花草遮过了双膝，花落于头上就如美玉佩戴在头上。追逐芳菲胜景纵情欢宴，悠扬的丝竹响个不休。美人开腔唱起了歌，唱的就是那甘州曲调，公子不知不觉醉在红楼。这景象就如尧舜太平年，乐享盛世欢乐永无忧患。

《甘州遍》起源于唐教坊大曲《甘州》，甘州在今甘肃张掖地区，是唐朝时通向西域的北方边州之一。"大曲"意为大型歌舞曲，《甘州遍》是大曲《甘州》中的一个曲子，其宫调失传，用作词调，毛文锡《甘州遍》首见。

这首词写贵族公子春日出游，气派非凡的情形，上阕极尽富丽辞藻形容公子出行的座驾、衣着、配饰等，"锦襜（chān）"是锦织的短衣，"长楸（qiū）"，高大的楸树，古代常种于道旁。

下阕写公子游玩时花草茂盛，值此春光无限之际，在寻芳欢宴上纵情歌舞，一派繁荣景象。至尾句"尧年舜日，乐圣永无忧"，通篇皆为盛世歌功颂德之词，实际结合晚唐五代的历史背景，不过是词人粉饰太平所营造的虚假繁荣。

名家集评

明·汤显祖评《花间集》卷二：丽藻沿于六朝。然一种霸气，已开宋元间九宫十三调门户。

萧继宗《评点校注花间集》：辞嫌冗弱。后结颂圣，不脱应制习气，而实与全文毫没干涉，凑足字句而已。

醉花间（休相问）

休相问，怕相问，相问还添恨。春水满塘生，鸂鶒还相趁。
昨夜雨霏霏，临明寒一阵。偏忆戍楼人，久绝边庭信。

译文

可不要来相问，也害怕来相问，相问只会更添怨恨。池塘中的
春水涨满了，鸂鶒嬉戏着相互追逐。

昨夜里春雨纷纷，临到天亮时仍觉阵阵寒意。偏偏想起远征戍
楼的良人，边地的来信已经断绝很久了。

鉴赏

《醉花间》原属唐教坊曲，词调始于毛文锡，调名本意咏醉
酒于花丛间。

这首词首三句用了回环的手法，三用"相问"言辞犀利，掷
地有声，令人直从心底升起一问：究竟是何缘故"添恨"？下句
转而折入景中，池塘春水碧绿，鸂鶒（xīchì）双双对对正在戏
水。鸂鶒是一种水鸟，似鸳鸯而稍大，又名紫鸳鸯。景中之象可
辨一二，或是羡慕鸳鸯情浓，心中悲苦。

下阕承接上阕之景，因池塘水满而回忆起昨夜下雨，一夜春
雨带来了寒意，临近黎明更加显得寒气逼人，此时才知开头一连
三相问，原是独居女子触景生情，思念远征在边城的丈夫，收不
到丈夫的书信，心中思念又担忧，一腔愁情无处可诉，更怕有人
来"相问"不知如何作答，便有了这一番诉情之言。

名家集评

明·钟惺："昨夜雨霏霏，临明寒一阵"，绝似少游辈语，非妆

砌可得。

清·陈廷焯《云韶集》卷一：此种起笔，合下章自成章法，自是一时兴到之作，婉约无比。后人屡屡效之，反觉数见不鲜矣。

清·况周颐《餐樱庑词话》：《花间集》毛文锡三十一首，余只喜其《醉花间》后段"昨夜雨霏霏"数语。情景不奇，写出正复不易。语淡而真，亦轻清，亦沉着。

俞陛云《唐五代两宋词选释》：言已拚得不相闻问。人苦独居，不及相趁之鸂鶒，而晓来过雨，忽念征人远戍，寒到君边，虽言"休相问"，安能不问？越抛开，越是缠绵耳。

萧继宗《评点校注花间集》：全词无一懈笔，无一赘字。极得温柔敦厚之旨，须于言外求之。"春水"两句，看似写景，而情寓于中，极易为读者所忽，故人但赏其后半耳。

浣溪沙（春水轻波浸绿苔）

春水轻波浸绿苔，枇杷洲上紫檀开。晴日眠沙鸂鶒稳，暖相隈。

罗袜生尘游女过，有人逢着弄珠回。兰麝飘香初解佩，忘归来。

译文

春水轻波微漾浸湿了绿苔，枇杷洲上的紫檀花已盛开。阳光下鸂鶒鸟在沙滩上安眠，暖暖地相互依偎。

罗袜上带着水雾的游女正经过，遇见动心的人时，手弄珍珠回头。刚解下的佩饰还带着兰麝香，愣在那里忘了归去。

鉴赏

春水荡漾，春花盛开，鸂鶒成双相偎，这样一幅晴日春景图，给人以闲适、温馨，恍若世外桃源的感觉。"枇杷洲"也作琵琶洲，在今江西余干县南，其拥沙成洲，状如琵琶。"隈"通偎，为依偎之意。

在这如画的风景中，偶遇一位出游的美人，那一瞬间万物失色，眼中只余佳人。"罗袜生尘"出于曹植《洛神赋》："凌波微步，罗袜生尘。"李善注："凌波而袜生尘，言神人异也。"意思是凌波仙子脚踩尘雾茫茫，如尘烟滚滚，所以用"生尘"来形容。

词中先以景烘托繁荣浪漫的春日气息，又笔法细腻地描绘了一场多情男女的邂逅之旅，体现了词人对美妙春景的向往，以及对美好相遇的留恋之情。

名家集评

明·钟惺："枇杷洲上紫檀开"，香艳风流，惟"紫薇花对紫薇郎"，差可拟耳。

萧继宗《评点校注花间集》：前半写景，尚有祥和温煦之气。此调四十八字，与四十二字之《浣溪沙》小异，南唐中主词则名之曰"摊破浣溪沙"，或曰"山花子"。四十二字之《浣溪沙》，本《浣溪沙》之长体，而贺铸《东山乐府》则名之为"减字浣溪沙"。自《摊破浣溪沙》而言，则以四十二字体为常体，"摊破"其第三、六两句之七字为十字，故云"摊破"。自《减字浣溪沙》而言，则又以四十八字体为常体，"减"去前后结各三字为七字句，故云"减字"。究竟何者为《浣溪沙》之常体，几难论定。大抵无论四十二字体或四十八字体，调风完全一致，皆《浣溪沙》耳。毛文锡二首，一为四十八字。一为四十二字，而皆名曰《浣溪沙》，可证二体在初期皆视为常体，至后世始以四十二字体为正耳。

杨景龙《花间集校注》：晁本、鄂本、陆本、吴钞本、玄本、张本、毛本、后印本、正本、四印斋本、影刊本调名作"浣沙溪"。《历代诗作》作"南唐浣溪沙"。全本、王辑本、林大椿《唐五代词》作"摊破浣溪沙"。

临江仙（暮蝉声尽落斜阳）

暮蝉声尽落斜阳，银蟾影挂潇湘。黄陵庙侧水茫茫，楚山红树，烟雨隔高唐。

岸泊渔灯风颭碎，白蘋远散浓香。灵娥鼓瑟韵清商，朱弦凄切，云散碧天长。

译文

落日斜阳送走了最后一声蝉鸣，银色的月亮高挂在潇湘水面上。黄陵庙边的江水浩荡苍茫无际，楚山间的枫叶已红，烟雨弥漫阻隔了高唐台观。

水波摇碎了泊岸渔灯的倒影，远处白蘋散发着浓香。湘水女神弹瑟音韵多用清商，朱红瑟弦声调凄切，云消雾散后瑟音还久久回荡在碧海长空。

鉴赏

词首句意蕴绵长，起笔见"暮蝉""斜阳"，凄凉冷清之感油然而生，紧接着下句引出月影挂潇湘，即水上但见明月升，又陷入夜色朦胧之境。"银蟾"即月亮，传说月中有蟾蜍。"潇湘"是潇水和湘水的合称，在湖南境内。"黄陵庙"即湘妃祠，亦称二妃庙，旧址传说在湖南湘阴县北。"高唐"是楚国台观名，暗示楚襄王梦遇巫山神女的传说。舜二妃追帝不及，楚襄王梦神女而不得。词人连用两个传说，其意在表达追慕不成的伤感情绪。

下阕词境变幻，写映照在水面的渔船灯影因江水波动而破碎，白蘋散发出香气，造出凄美之境，后又以传说典故烘托氛围，"清商"是五音之一，其声哀怨。

词以怨曲绵长，哀声经久不绝为收尾，虽词已结，悲情却如同回荡在空中的怨曲一般，袅袅不绝。

这首词意境构造凄凉却不失美感，全篇用词清丽，用典自然，将传说中的神女与现实景致交替融合，渲染出别样的境界。

名家集评

清·陈廷焯《词则·别调集》卷一：就调名使事，古法本如此。结超远。

俞陛云《唐五代两宋词选释》：五代词多哀感顽艳之作。此调则清商弹湘瑟哀弦，夜月访黄陵遗庙，扬舲楚泽，泠然有疏越之音，与谪仙之"白云明月吊湘娥"同其逸兴。

华钟彦《花间集注》卷五：按此词咏湘灵也。

萧继宗《评点校注花间集》：亦缘题之作也，"黄陵"二句，亦有迷离缥缈之致。

牛希济，生卒年不详，狄道（今甘肃临洮）人，牛峤之侄。仕蜀为翰林学士、御史中丞。同光三年（925），蜀亡，降于后唐。明宗拜为雍州节度副使。

临江仙（峭碧参差十二峰）

峭碧参差十二峰，冷烟寒树重重。瑶姬宫殿是仙踪。金铲珠帐，香霭昼偏浓。

一自楚王惊梦断，人间无路相逢。至今云雨带愁容。月斜江上，征棹动晨钟。

译文

陡峭青翠错落有致的十二峰上，阴冷的林木间寒雾重重。巍峨宫殿是巫山神女留下的仙踪。金质香炉垂珠帐，白天的烟气格外香浓。

自从楚王的高唐美梦被惊断，人间再没道路可以相逢。到如今朝云暮雨都带着愁容。晓月斜挂在江上，客船内飘来声声晨钟。

鉴赏

这首词咏楚王与巫山神女相遇的传说。

上阕着重写景，描绘了神女居所华丽而凄美之境。"十二峰"指巫山著名的十二座山峰。"瑶姬"是传说中天帝的女儿，这里指巫山神女。《襄阳耆旧传》云："赤帝女姚姬，未行而卒，葬于巫山之阳，故曰巫山之女。楚怀王游于高唐，昼寝，梦见与神遇，自称是巫山之女，王因幸之，遂为置观于巫山之南，号为朝云。"

下阕以抒情为主，或许是词人乘船至巫峡，触动了情思，思及这样一段风流佳话，感怀楚怀王梦醒后，再也不能遇到心心念念的神女，心中深感遗憾惆怅。

名家集评

元·仇远云：牛公《临江仙》，芊绵温丽极矣。自有凭吊凄怆之意，得咏史体裁。（沈雄《古今词话·词评》上卷引）

清·李冰若《花间集评注·栩庄漫记》：全词咏巫山神女事，妙在结二句，使实处俱化空灵矣。

詹安泰《宋词散论·论寄托》：此词纯系比兴，寄亡国之感也。仇山村评"芊绵温丽极矣，自有凭吊凄怆之意，得咏史体裁"，斯语得之。蒋一葵《尧山堂外纪》载："同光三年，唐命蜀旧臣赋蜀亡诗，牛希济一律末云：'古往今来亦如此，几曾欢笑几潸然。'唐主曰：'希济不忘忠孝也。'赐缎百，词亦富赡。"可以互证。词其作于入唐后乎？

华钟彦《花间集注》卷五：按此词咏巫山神女也。

萧继宗《评点校注花间集》：此首咏巫山神女。后起两句，结断前文。"至今"二字归至眼前。"月斜江上"，令人有空虚怅惘之感。惟征棹句结得微嫌松懈，使能关锁全文，或于"愁容"字稍稍映带，更见深渺。希济《临江仙》七首，分咏女仙，已为少游《调笑》启其先路。

临江仙（素洛春光潋滟平）

素洛春光潋滟平，千重媚脸初生。凌波罗袜势轻轻。烟笼日照，珠翠半分明。

风引宝衣疑欲舞，鸾回凤翥堪惊。也知心许恐无成。陈王辞赋，千载有声名。

译文

春日的洛水，波光潋滟，风静浪平，洛神千娇百媚，宛如朝阳初升。行走于水波之上，罗袜生尘，姿态轻盈。披了云雾沐着光，佩戴的珠翠半暗半明。

清风吹动衣裙像是翩然起舞，如鸾凤回翔飞舞真令人惊。也知两心相许却怕姻缘不成。陈王的美妙辞赋，千年以来就享有盛名。

鉴赏

水光潋滟的波面上，神女翩然而至，远远望去，她轻盈飘然在水面上，就如朝霞中升起的旭日。近看她容颜娇美，如一朵初展开的清荷，一双明亮的眼睛顾盼流光，拖着薄雾般的衣裙，散发着幽兰的清香。她在水波上行走，罗袜带起的水雾如同尘埃，她身轻如燕，飘忽游移，衣袂时而随风飞舞，她的神光时离时合，忽明忽暗。

陈王有心与神女相交，却心知人神有别，终不能如愿。"陈王"指陈思王，即曹植。"辞赋"即《洛神赋》，洛神赋中内容大意为曹植与洛神相遇，两相爱慕，却碍于人神之道未能交接，不禁情怀怅怨。

这首词咏传说洛神之事，词人通过虚幻的境界表达人神之间真挚的爱恋，却最终因人神殊途不得相合而产生哀怨，其语言芊绵温丽，写景抒情融为一体，其凭吊凄凉之意蕴含其中，是咏史体裁的佳作。

名家集评

明·汤显祖评《花间集》卷二：洛神写照，正在阿堵中。惊鸿游龙数语，已为描尽。

华钟彦《花间集注》卷五：按此词咏洛神也。

萧继宗《评点校注花间集》：此首咏洛妃。结句五字，索然无味。

临江仙（洞庭波浪飐晴天）

洞庭波浪飐晴天，君山一点凝烟。此中真境属神仙。玉楼珠殿，相映月轮边。

万里平湖秋色冷，星辰垂影参然。橘林霜重更红鲜。罗浮山下，有路暗相连。

译文

洞庭湖波涤荡着晴朗的天空，君山云烟一点就像凝在水波中。山中的奇幻景色本属神仙之境。璀璨的珠玉楼殿，与明月相互辉映。

万里平静的湖泛着秋的清冷，星辰投下倒影错落零乱。经霜后的橘林显得更加鲜艳。传说在罗浮山下，有条路与仙境暗中相连。

鉴赏

词上阕写了风吹浪动中的朦胧君山，以此玉楼珠殿为仙境。下阕转而描绘万里平湖之静与冷，这种浩瀚空旷的水天之冷，使读者仿佛身临其境，此情景与上阕形成鲜明的对比。洞庭素称"八百里"，说它波浪连天，湖中君山犹似一点凝烟，乃属真境。但说君山是神仙居所，上有"玉楼珠殿"，与明月交相辉映，则是神话传说，属幻境。说湖中星影参差，随波而动，湖畔霜花满地，橘林红艳，是真境；说洞庭湖与千里之外岭南的罗浮山相连，却是传言，应属幻境。真境，固然歌颂了山河壮阔，幻境，也为这壮阔着上了奇丽的色彩。真真幻幻，虚虚实实，共同构成这阔大的词境，共同衬托出词人阔大的襟怀。

词通篇虚实结合，描绘了洞庭湖秋夜的景色，其景与传说结合，相得益彰，表达了词人对自然景观的赞颂以及对仙境的向往。

名家集评

明·汤显祖评《花间集》卷二："冷"字下得妙，便觉全句有神。又：休文语丽而思深，名高八咏，照映千古。似此七词，亦尽有颉颃休文处。

清·李冰若《花间集评注·栩庄漫记》："飐"字、"冷"字，均妙绝。

华钟彦《花间集注》卷五：此词主要咏湘君，也涉及罗浮仙子。

萧继宗《评点校注花间集》：此首似咏杜兰香，亦不甚切。次句君山，已明点湖南之洞庭湖。后结两句，用谢灵运《罗浮山赋序》意，序云："客夜梦见延陵茅山，在京之东南。旦明得《洞经》所载罗浮山事云：'茅山是洞庭口，南通罗浮。'正与梦中意相会。"语虽不经，要其所谓洞庭，则太湖中之洞庭山耳，一再附会，不知所底矣。

牛希济

生查子（春山烟欲收）

春山烟欲收，天澹稀星小。残月脸边明，别泪临清晓。

语已多，情未了，回首犹重道。记得绿罗裙，处处怜芳草。

译文

春山间的云雾将要散去，天高云淡，星星又稀又小。残留的月光映在脸边，清晨离别时泪往下掉。

话已说了很多，情意却难了结，临行前又回过头来，反复说道：要记住这绿色的罗裙，到哪都不忘爱惜芳草。

鉴赏

春夜的离别岂堪言说，自是缠绵悱恻之痛，难舍难分之悲，泪流到双颊，还怨那春景过于伤怀，哪是景伤人心，分明是人心已伤，看山雾褪去，星隐月落都觉无限凄怆。在勾勒的黎明的景象中，一句"别泪临清晓"便起到了承上启下的作用。

清晓送别泪流不止的女子，纵使已说了千言万语，也觉得情意仍旧没有表达够，一想到爱人就要远游他乡，就忍不住担忧，时间长了不知他会不会忘记自己，又想到天涯处处都有青绿色的芳草，于是提醒他看到芳草可要记得我这身绿罗裙，明指衣裙，实际是叮嘱爱人不要忘记自己。

词中女子对男子爱意深浓，言语之间似痴而更见真挚，让整个别离的伤感若隐若现，惆怅无限。

名家集评

明·钟惺：起二句轻清，结二句娟秀，若"残月脸边明，别泪临清晓"，则厥体中最上乘也。一本无"已"字。

清·李冰若《花间集评注·栩庄漫记》"记得绿罗裙,处处怜芳草",词旨悱恻温厚,而造句近乎自然,岂飞卿辈所可企及?"语已多,情未了。回首犹重道",将人人共有之情和盘托出,是为善于言情。

俞陛云《唐五代两宋词选释》:言清晓欲别,次第写来,与《片玉词》之"泪花落枕红绵冷"词格相似。下阕言行人已去,犹回首丁宁,可见眷恋之殷。结句见天涯芳草,便忆及翠裙,表"长毋相忘"之意。

俞平伯《唐宋词选释》:"天淡"及下句把曹操《短歌行》"月明星稀"拆开来用,而意不同。"残月"句写人立庭院,缺月西下,破晓的光景。

唐圭璋《唐宋词简释》:此首写别情。上片别时景,下片别时情。起写烟收星小,是黎明景色。"残月"两句,写晓景尤真切。残月映脸,别泪晶莹,并当时之愁情,都已写出。换头,记别时言语,悱恻温厚。着末,揭出别后难忘之情,以处处芳草之绿,而联想人罗裙之绿,设想似痴,而情则极挚。

中兴乐(池塘暖碧浸晴晖)

池塘暖碧浸晴晖,濛濛柳絮轻飞。红蕊凋来,醉梦还稀。
春云空有雁归,珠帘垂。东风寂寞,恨郎抛掷,泪湿罗衣。

译文

阳光温暖,洒落在碧绿的池塘,濛濛的柳絮轻轻飞扬。鲜红的花瓣已逐渐凋谢,喝醉了梦也消散。

春天的云天中空有大雁归来,门前珠帘低垂。东风吹送着寂寞,

牛希济

恨郎君无情抛弃，泪流下湿了罗衣。

鉴赏

这首词抒发了思妇怀人之苦。

上阕以自然景物为基调，描绘了阳光照耀下的池塘和漫天飞舞的柳絮，将春天美好的氛围烘托得恰到好处。一转眼场景却变成了凋谢的红花与消散的醉梦，乐景衬托悲情，使人更加悲苦。

下阕表达了深闺寂寞的思妇悲恸难抑，眼见空中飞来大雁，爱人却还未归来，心中更加怨恨。思及此处，女子泪流满面，甚至打湿了衣裳。

通篇以景铺垫，情景交融，将女子曲折的内心刻画得入木三分。

名家集评

明·汤显祖评《花间集》卷二："池塘暖碧浸晴晖"，又有春云柳絮，已具四难之半，那得更生他想。

萧继宗《评点校注花间集》："春云"句凄与美兼。若士解人，但常作皮相语，亦奇。

欧阳炯

欧阳炯（896—971），益州华阳（今四川成都）人，他生于唐末，一生经历了整个五代时期。在前蜀，仕至中书舍人，国亡入洛为后唐秦州从事。后蜀开国，拜中书舍人、翰林学士承旨，六十六岁时官至宰相，随孟昶降宋后，授为左散骑常侍。他性情坦率放荡，生活俭素自守，其词艳而质，质而愈艳，行间句里却有清气往来。

浣溪沙（落絮残莺半日天）

落絮残莺半日天，玉柔花醉只思眠，惹窗映竹满炉烟。
独掩画屏愁不语，斜欹瑶枕髻鬟偏，此时心在阿谁边。

译文

中午时分，柳絮飘落莺啼声残，身体疲乏手软无力，只想悄然入眠。翠竹轻拂纱窗，满炉飘着轻烟。

独自掩了画屏更加愁闷不语，把髻鬟偏向一侧斜靠在碧玉枕上。这时候心不知到了谁的身边。

鉴赏

词首句点明时间是春末正午，"半日天"指中午时分，"玉柔花醉"以物喻人，形容美人困乏无力，"只思眠"三字将美人午后春困的情态形象地呈现，下句转写窗外之景静谧幽美，春景宜人，说明美人困乏即将入睡。上阕以柳絮之景，引入美人入画，又以"翠竹""纱窗""轻烟"为点缀，描绘了一幅意境优美的美人春睡图。

下阕写美人午睡醒来慵懒之态，醒后有些怅然若失，"愁不语"是全词唯一点出"哀伤"的语意，道明上阕春困体乏，原来是因心又"哀愁"。美人斜靠在瑶枕上侧着头沉思，此时的她心中茫然而哀怨，无心梳妆打扮，心思不知飞到了谁的身边。

全词语句平淡，似简单的女子倦怠午睡情景，而末句言"此时心在阿谁边"可见女子百无聊赖，也是因为心中有思念之人，其情萦绕在心头挥之不去。

名家集评

明·沈际飞《草堂诗余别集》卷一：炯又云"有情无力泥人时"，可注"玉柔"句。又评末句云：一问跃然。是贯领略"柔""醉"二字者。

明·卓人月《古今词统》卷四徐士俊评语：炯又云"有情无力泥人时"，是惯领略"柔""醉"二字者。

清·李冰若《花间集评注·栩庄漫记》："玉柔花醉"，用字妍丽。

萧继宗《评点校注花间集》：草草成篇，遂乏精彩，一问作结，无聊之尤。"半日天"，不成语。

三字令（春欲尽）

春欲尽，日迟迟，牡丹时。罗幌卷，翠帘垂。彩笺书，红粉泪，两心知。

人不在，燕空归，负佳期。香烬落，枕函欹。月分明，花淡薄，惹相思。

春季将要结束，白天越来越长，正是牡丹开时。卷起罗帐帷幕，翠色绣帘低垂。彩纸写的书信，沾着佳人的热泪，彼此的情意，我们两颗心都知晓。

良人不在身边，燕子空归旧巢，辜负了良辰美景。香炷灰烬坠落，床上枕套斜倾。月光分外明亮，花却不再艳丽，惹出相思无尽。

鉴赏

《三字令》在《词谱》《填词名解》均有录入，通调俱用三字成句，欧阳炯词为创调之作。此调的前后阕各为八个三字句，故以此为名。令是唐宋杂曲的一种体制，源自"酒令"，多流行小曲充之。调名本意即为咏三字句的小曲。此调宜写落寞之情。

这首词写暮春思妇怀人。

首二句体现了女子抱怨白昼漫长，春日难熬，明明是牡丹花盛开的季节，其他男子或女子都在兴高采烈地赏花，她却独自闷在家中，躲在房里看过往的书信，回忆两人的种种，往昔历历在目，女子深信彼此相爱心意相通。

下阕一句"人不在"，揭开了女子孤单寂寞的心，这良辰美景，明月当空，她只觉得花也失去了颜色，心中只剩下了无限相思。以景写哀倍增其哀，以美衬凄则更凄凉，一句"惹相思"，便是相思绵长不可断绝，唯有自苦自悲度日。

名家集评

明·汤显祖评《花间集》卷三：逐句三字转而不窘，不垒，不崛头，亦是老手。

清·许昂霄《词综偶评》："罗幌卷"五句，由外而内。"香烬落"五句，由内而外。"花淡薄"，春光欲尽，故曰"淡薄"。

清·陈廷焯《云韶集》卷一："两心知"三字温厚，较"忆君君不知"更深。好在"分明""淡薄"四字。

俞陛云《唐五代两宋词选释》：十六句皆三字，短兵相接，一句一意，如以线贯珠，粒粒分明，仍一丝萦曳，录之以备赋此调者取则。

唐圭璋《唐宋词简释》：此首每句三字，笔随意转，一气呵成。大抵上片白昼之情景，由外及内。下片午夜之情景，由内及外。起句，总点春尽之时。次两句，点帘外日映牡丹之景。"罗幌"两句，记人在帘内之无绪。"彩笺"两句，记人在帘内之感伤。人去不归，徒有彩笺，见笺思人，故不禁泪下难制。"两心知"一句，因己及人，弥见两情之深厚。换头三句，说明燕归人不归，空负佳期。"香烬"两句，写夜来室内之惨澹景象。结句，又从室内窥见外面之花月，引起无限相思。

南乡子（路入南中）

路入南中，桄榔叶暗蓼花红。两岸人家微雨后，收红豆，树底纤纤抬素手。

译文

沿水路进入岭南腹地，桄榔树叶暗绿，蓼花正红艳。一场微雨过后，家家户户都忙着采红豆，只见树下翻扬起一双双纤纤素手。

鉴赏

《南乡子》原唐教坊曲，后用作词调名，多咏江南风物，又名"好离乡""蕉叶怨"，创于欧阳炯。

这首词描写了南国的风土人情，寥寥数语充满了地域性的人情特点。

"南中"泛指南部地区，"桄（guāng）榔"是南方常绿乔木，棕榈树的一种，也称作"砂糖椰子"，"蓼"是水边草本植物，花淡红或白色。一叶一花，一水一岸，互相映衬，勾勒出一幅岭南风光图。

前有南国风景如画，后书微雨后收红豆，由景转入人物描写，"红豆"又名相思子，产于岭南，岭南天气炎热，雨后红豆成熟，正适合采摘。"树底纤纤抬素手"体现采摘红豆的多是女子，远远望去，时隐时现的便是女子曼妙的身影与纤纤皓腕。

宁静的景色与动态的人物结合，透露出浓郁的地域色彩和生活气息，将地方风物面貌展现得淋漓尽致。

名家集评

明·钟惺："两岸人家微雨后，收红豆"，致极清丽，入宋不可复得矣，嗟夫！

清·王士禛《五代诗话》卷四引《边州闻见录》：蜀多红豆树，坚致，纹如蠃，土人不甚爱惜，每于成都市得之。"收红豆，树底纤纤抬素手"，欧阳舍人词也。

清·陈廷焯《云韶集》卷一：好在"收红豆"三字，触物生情，有如此境。

夏承焘《唐宋词欣赏·花间词体》评《南乡子》二首：第一首词中所描写的"桄榔叶""蓼花""红豆"，第二首描写的"孔雀"，都是南方特有的风物。前首写南方的风景，写出了少女们采撷红豆的情景，是一幅富有生活气息的图画。后一首描写孔雀临水照影，金翠尾与晚霞相照映，也构成了一幅色彩鲜艳的画面。

萧继宗《评点校注花间集》：全文写南中风土，人物如画。初来台湾者，同有此感，惟此间不产红豆而已。

贺明朝（忆昔花间初识面）

忆昔花间初识面，红袖半遮，妆脸轻转。石榴裙带，故将纤纤玉指偷撚，双凤金线。

碧梧桐锁深深院。谁料得两情，何日教缱绻。羡春来双燕，飞到玉楼，朝暮相见。

译文

记得那时在花丛中初次相遇，她红袖半掩着面庞。纤纤玉指轻轻捻起石榴裙带的双凤金线。

如今身处浓绿的梧桐深院中，谁能知晓这份情意，让我们终有一日可以再次相见？此时，我不禁羡慕起玉楼前蹁跹飞舞的双燕，它们两两相伴，朝朝暮暮相依相守。

鉴赏

那一年春日百花绽放，男子与女子初次相遇，人与花相映，她衣袂蹁跹，体态曼妙，红袖遮面、石榴裙带和玉指捻线的细微动作，将女儿家的温婉、娇羞之态展现得淋漓尽致，使其更加惹人怜爱。

可惜他们有缘相遇却不能相识，更加谈不上相知，或许是知晓自己无暇顾及儿女情长，又或许俗事缠身阻隔了相会，总之这样惊为天人的开场之后，两人却连一句话也没有说上，但又或许是初见惊鸿才更令人怀念，即便没有相见相知，词人依旧将这样如同人间仙子的人放在心里。

下片更是将心底的遗憾以景相传，用茂密粗壮的梧桐树锁住庭院来隐喻自己的身不由己，将未能相识的遗憾升华为感伤此生无缘相见的悲凉。细思量之下，就连楼外的燕子都惹人羡慕，至少它们可以双宿双飞，这更衬托出词人的形单影只、孤独凄凉。

这首缠绵温婉的词，用"忆昔"呈现给了一众看客一番美好的相遇，又回到现实，用"锁"字诉说无奈，形成了美好与凄怆的鲜明对比。

名家集评

明·茅暎《词的》卷三：寒鸦日影，千古相思。

萧继宗《评点校注花间集》：此调词律失收，御制《词谱》，作"贺熙朝"，不知所本，当是纂修诸臣，忌用"明朝"字样，故改"明"为"熙"，以取媚康"熙"耳。此调仅见《花间集》，而两首句叶并不全同，《词谱》亦姑以二首对勘，勉为分句，语气终不流顺。

杨景龙《花间集校注》：缱绻：纠缠萦绕；固结不解。《诗经·大雅·民劳》："无纵诡随，以谨缱绻。"马瑞辰《通释》："缱绻即紧絭之别体。"高亨注："缱绻，固结不解之意。"引申为不离散。《左传·昭公二十五年》："缱绻从公，无通外内。"杜预注："缱绻，不离散也。"晋潘岳《为贾谧作赠陆机》："昔余与子，缱绻东朝。"亦以形容感情缠绵深厚。

贺明朝（忆昔花间相见后）

忆昔花间相见后，只凭纤手，暗抛红豆。人前不解，巧传心事。别来依旧，辜负春昼。

碧罗衣上蹙金绣，睹对对鸳鸯，空裛泪痕透。想韶颜非久，终是为伊，只恁偷瘦。

译文

想当初在花丛中相遇后，只凭一双纤纤手，暗地里抛赠红豆。当时还未理解她的深意，是在向我巧妙传递心意，离别来情深依旧，辜负了美好的春昼。

浅碧色罗衣上刺着金线纹绣，能看见一对对戏水的鸳鸯，白白被洒落的泪湿透。料想美丽容貌难持久，最终都是为了他，就这样暗自消瘦。

鉴赏

回忆起往昔在花间初次相遇，女子暗自对男子抛红豆，自以为向心上人表明了心意，谁知男子那时却没有领会她传递的情意，分别后女子日夜痴心，在等待中思念，却白白消耗了光阴。

词上阕细腻刻画了女子遇见心上人时的娇羞之态，"花间""纤手""红豆"将男女相遇的氛围表现得美好动人。下阕写分别后女子独自伤心，日渐消瘦，看着罗衣上绣的金线鸳鸯，不禁触景生情，"裛（yì）"是沾湿的意思，多么恩爱幸福的鸳鸯，却要被女子的相思之泪打湿。美好的容颜又能保持多久，只要是为了心上之人，即便等待时日再漫长，她也无怨无悔。

这首词章法结构层次分明，将往昔相见的美好与别后的悲情描写得生动而真挚，句尾写女子虽青春不再，容颜老去，也绝不后悔，表达出对男子忠贞不渝的情感。

名家集评

明·汤显祖评《花间集》卷三：无甚雕巧，只是铺排妥当，自无村妆羞涩态。

明·茅暎《词的》卷三：下字俊。

清·李冰若《花间集评注·栩庄漫记》：欧阳炯词《南歌子》外

另一种，极为浓丽，兼有俳调风味，如《贺明朝》诸词，后启柳屯田，上承温飞卿。艳而近于靡矣。

萧继宗《评点校注花间集》：二词均不甚佳，但已开柳七一派。

江城子（晚日金陵岸草平）

晚日金陵岸草平，落霞明，水无情。六代繁华，暗逐逝波声。空有姑苏台上月，如西子镜，照江城。

译文

日落时分，金陵岸边风静草平，晚霞晖映明媚，流水逝去无情。六个朝代的繁华，已暗随波涛声远去消逝。空留着姑苏台上的一轮明月，宛如西施的妆镜，静静地映照江城。

鉴赏

古城金陵，在历史的长河中静静伫立，俯瞰日升月落、春去秋来，旁观六朝兴衰、繁华落幕。

这首怀古词，凭吊以金陵为都城的六代王朝兴亡更替，寄寓了词人对现实的感慨，词人生于唐朝，历经前蜀、后蜀、后唐直至宋朝，君王几经更替，早不知视谁为主，能有此历史变迁的沧桑之感实属真情流露。

日暮时的金陵城，在落霞与江水的映衬下，绚丽多彩，"岸草平"体现江面空阔，也喻示此时正是江南草长莺飞的时节，"落霞明"状出了天际辽阔浩瀚之感，江与天相连，辽阔空旷，更生寂寞萧索，"水无情"三字更点主旨，这里的水，好比历史的滚滚长河，繁荣或破败都不过是云烟，它只静默或翻涌着走过，一去不复返。繁华随波逝进一步强化了流水之无情。"六代"指历史上先后定都金陵的东吴、东晋、南朝宋、齐、梁、陈六个朝代。

"空有姑苏台上月，如西子镜，照江城。"意韵深远，"姑苏台"在苏州西南，是春秋时期的豪华建筑之一，相传吴王夫差将西施藏于台上的馆娃宫内，金陵和苏州是两个不同的地点，六朝与春秋亦是不同的时代，但历史上王朝倾覆的悲剧大抵相同，无非是因为统治阶级的奢靡与荒淫。然明月依旧照今人，面对眼前的金陵古城，历史的悲剧是否又将重演？

词人借咏怀金陵古城，抒发了今昔国家兴衰之感慨，虚实结合，意蕴深厚，令人感慨万千。

名家集评

明·卓人月《古今词统》卷三徐士俊评语：取"只今唯有西江月"之句，略衬数字，便另换一意。

清·陈廷焯《词则·大雅集》卷一：与松卿作同一感慨，彼于悲壮中寓风流，此于伊郁中饶蕴藉。

清·李冰若《花间集评注·栩庄漫记》：此词妙处在"如西子镜"一句，横空牵入，遂尔推陈出新。

俞平伯《唐宋词选释》：金陵、姑苏本非一地。春秋吴越事更在六朝前。推开一层说，即用西子镜做比喻。苏州在南京的东面，写月光由东而西。

萧继宗《评点校注花间集》：吊古伤今，而吐辞温婉。《江城子》调，结尾应作三字两句，方合。诸家于"如西子镜"四字分句，甚觉棘口，依谱应多一字。若少一"如"字，用隐喻法，未尝不可；但仍不如多一字为明。若"如"字既不可省，则结尾不如作七字句，语气转顺，亦无伤小令风格。

凤楼春（凤髻绿云丛）

凤髻绿云丛，深掩房栊。锦书通，梦中相见觉来慵。匀面泪，脸珠融。因想玉郎何处去，对淑景谁同。

小楼中，春思无穷。倚栏颙望，暗牵愁绪，柳花飞起东风。斜日照帘，罗幌香冷粉屏空。海棠零落，莺语残红。

译文

秀发如云盘起了凤形髻，紧掩了闺房帘栊。情书已经相通，梦中惊喜相见，醒后满是困慵。抹去脸上的泪滴，泪和脂粉相融。不禁揣测玉郎如今去了哪里，和谁面对着相同的美景。

小小的阁楼中，春日思情无穷无尽。倚着栏杆久久凝望，暗自牵出纷纷愁绪，像东风中飞舞的柳絮。夕阳斜照着绣帘，丝罗帐内熏香已冷粉屏仍空。海棠花凋谢零落，莺啼声声泣残红。

鉴赏

《凤楼春》是唐教坊曲，后用作词调名。欧阳炯《凤楼春·凤髻绿云丛》写春楼女子之离愁别绪，是春闺怀人之作。

上阕写女子睡梦中醒来愁绪万千，思念远方爱人。首句略点女子头饰，以此说明其容颜艳丽，"深掩房栊"说明女子在房中睡觉所以紧闭房门。

因"锦书通"，知晓了爱人消息，心中更加牵挂，所以与爱人梦中相会。"匀面泪，脸珠融"是女子醒后的状态，思念已深，脸上泪珠打湿了妆容，下句将原因娓娓道来，虽然音信相通，但此时不知爱人又在什么地方，会与什么人在一起，心里还有没有我呢？"玉郎"是旧时对丈夫或情人的爱称。"淑景"指美景。

视线从小小的阁楼起步，倚靠着小楼栏杆静静凝望，"柳花""东风""斜日""海棠""莺语""残红"，入目皆是伤感，景色有多凄美，女子的心中就有多落寞。"海棠零落，莺语残红"，借景抒情，花已凋残，夕阳下的黄莺在啼鸣，以景造境，意境婉转凄清，令人心酸。

名家集评

明·汤显祖评《花间集》卷三："海棠零落，莺语残红"，好景真良易过。风雨忧愁各半，念之使人惘然。

清·陈廷焯《云韶集》卷一："因想"者，因梦而有想也。泪痕血点。

萧继宗《评点校注花间集》：此词文无可取，调亦不佳，乃陈亦峰又于此处作情痴语，令人失笑。

杨景龙《花间集校注》：匀面二句：言女子匀面时泪珠融化了脂粉。唐白居易《绣妇叹》："针头不解愁眉结，线缕难穿泪脸珠。"

和凝（898—955），字成绩，郓州须昌（今山东省东平县）人。少时聪颖好学，好文学，善短歌艳曲。十七岁举明经，后梁贞明三年（917）登进士第，历仕后梁、后唐、后晋、后汉、后周等朝，在后晋时任宰相、中书侍郎、同平章事，后汉时受封鲁国公，后周时为太子太傅，享年五十八岁，追赠侍中。

山花子（银字笙寒调正长）

银字笙寒调正长，水纹簟冷画屏凉。玉腕重，金扼臂，澹梳妆。

几度试香纤手暖，一回尝酒绛唇光。佯弄红丝蝇拂子，打檀郎。

译文

银字玉笙吹出的曲调清泠悠长，水纹竹席逐渐寒冷，雕花屏风也变凉。白玉手臂戴着沉甸甸的金镯，她对镜梳理淡妆。

几次探烘香炉双手纤柔温暖，一回品尝美酒红唇滋润泛光。佯装拨弄系红丝的拂蝇掸子，作势要打心爱的情郎。

鉴赏

《山花子》为唐教坊曲名，后用为词调。此调在五代时为杂言《浣溪沙》之别名，即就《浣溪沙》的上下片中，各增添三个字的结句，故又名《摊破浣溪沙》或《添字浣溪沙》。

这首词描写美人淡梳妆，与爱人娇嗔嬉戏的场景。

上阕布景清冷，"银字"是乐器名，属管笛。古人用银作字，在笙管上标明音阶的高低。"寒"字引出弹奏声调的哀怨之情，如同女子向男子发出的如怨如诉的信号，在这篁冷、屏凉的环境中，女子穿戴好首饰对镜梳妆，体现了女子对接下来与情郎相见的期待。

在这寒意阵阵的季节，女子时不时将手探于香炉前取暖，或许是觉得不够暖和，还尝了一口酒，美酒入喉的滋味不得而知，却见美人朱唇泛着醇酒的光泽。"佯弄红丝蝇拂子，打檀郎"一句尽显女子娇憨动人的情态，通过对女子传神的细节刻画，展现了相爱之人相处时流露的爱意、情调。"蝇拂子"是扑打蝇蚊的器物，又称拂尘，用丝或马尾制成。"檀郎"为潘安，其小字檀奴，姿仪秀美。后以檀郎为美男子的代称。

名家集评

明·钟惺："佯弄红丝蝇拂子，打檀郎"，与"下阶自折樱桃花"，美人图画中当如此安置。

清·贺裳《皱水轩词筌》：词家须使读者如身履其地，亲见其人，方为蓬山顶上，如和鲁公"几度试香纤手暖，一回尝酒绛唇光"……真觉俨然如在目前，疑于化工之笔。

清·沈雄《古今词话·词品》下卷：江尚质曰，"《花间》词状物描情，每多意态，直如身履其地，眼见其人。和凝之'几度试香纤手暖，一回尝酒绛唇光'，孙光宪之'翠袂半将遮粉臆，宝钗长欲坠香肩'是也"。

萧继宗《评点校注花间集》："试香""尝酒"一联，绝代风华，神采欲活。末两句，稍逊，尚能憨而不佻。

清·张以仁《花间词论集》：此似指"薰笼"（又作"熏笼"）

言，而非"香炉"也。当时闺中有薰被之习，取其香且暖。

杨景龙《花间集校注》：银字：以银粉书写之文字。南朝梁萧纲《蒙华林园戒诗》："昔日书银字，久自恧宗英。"笙笛类管乐器上用银作字，以表示音调的高低。借指管乐器。

天仙子（柳色披衫金缕凤）

柳色披衫金缕凤，纤手轻拈红豆弄。翠蛾双脸正含情，桃花洞，瑶台梦，一片春愁谁与共。

译文

翠柳色的衣衫上绣着金丝鸾凤，纤细的手指把红豆轻轻搓弄，美艳女子的双颊正满含深情，身在桃花山洞，心寄瑶台幽梦。这一片青春的忧愁能与谁共。

鉴赏

这首词咏的是天台山神女之事，传说汉明帝永平时，剡县有刘晨、阮肇二人到天台山采药，迷失道路，得遇两位神女并与之结为夫妻，后刘、阮思念亲人，归家去寻，却得知世上已是他们的第七代子孙，二人欲重返神女家，却寻路不获，迷归在外，自此下落不明。

衣着华丽精美的神女，纤纤玉指拨弄着红豆，红豆也称相思豆，寄寓相思之意，可见神女有情，随后便娓娓道来此情为何。瑶台通常是仙人所居之处，"瑶台梦"指仙女思凡之梦，原来神女孤寂，千愁万绪无人可倾诉，生了思凡之心。

词中从服饰、动作、神态、心理多个层面刻画"神女"这个虚幻的人物，神话虽虚，蕴含在其中的情却真挚，将人物的孤独、凄凉之感透彻地呈现出来。

名家集评

明·钟惺：末语小俊。

明·汤显祖评《花间集》卷三：刘改之别妾赴试作《天仙子》，语俗而情真，世多传之，遇此不免小巫。

萧继宗《评点校注花间集》：本意。道教于并世诸宗教中，最富诗意，亦最近人情。服食炼形，固不外生命之追求；然尚有一关，不能打破，亦不求打破，此和学士所谓"桃花洞，瑶台梦，一片春愁谁与共"者也。

春光好（纱窗暖）

纱窗暖，画屏闲，髻云鬟。睡起四肢无力，半春间。
玉指剪裁罗胜，金盘点缀酥山。窥宋深心无限事，小眉弯。

译文

暖暖的纱窗前，闲静而立的画屏间，青丝秀发低垂。睡醒起身感觉四肢困乏无力，天气正当春半。

纤纤玉指剪裁了丝绸做花胜，金盘点缀着乳脂酥酪。深藏爱慕少年郎的无限心事，双眉弯弯微微皱着。

鉴赏

一个春半的午后，暖洋洋的室内，穿过静置的屏风，只见一女子睡后起来，发髻低垂，慵懒困乏。"髻（duǒ）"是下垂的意思，发丝下垂说明女子醒后还未梳理妆发。

春闺女子闲来无事剪裁罗胜，通过动作将女子恬淡雅静的样子展现出来，多么美好的姑娘，此时却偷偷藏着心事，她心中那个少年郎还不知道她的心意，她多想将爱意传达给他，却碍于女儿家的羞涩难以启齿，便只能皱着眉头深深忧思着。"窥宋"意指女子对男子倾心，出自宋玉《登徒子好色赋》，讲的是有人诋毁宋玉好色，宋玉答之："东家之子，增之一分则太长，减之一分则太短，著粉则太白，施朱则太赤，……然此女登墙窥臣三年，至今未许也。"宋玉以貌美女子对自己一往情深登墙窥探三年，而自己丝毫不动心，来反驳别人诬他好色的言论。由此"窥宋"用于代指女子对意中人的爱慕。

这首词从描写闺阁景象着手，通过春景与少女的美好形态，借典故巧妙地传达了女子对美好爱情的向往。

名家集评

萧继宗《评点校注花间集》：前结少一字，"无"字或有"气"字。

采桑子（蝤蛴领上诃梨子）

蝤蛴领上诃梨子，绣带双垂。椒户闲时，竞学樗蒲赌荔枝。
从头鞋子红编细，裙窣金丝。无事颦眉，春思翻教阿母疑。

译文

白皙丰润的脖颈上搭着披肩，绣带飘垂在两边。香闺空闲的时候，争着学习樗蒲戏赌荔枝消遣。

头簪花丛的鞋上系着细红带，拖地裙绣金丝线。无事微皱了双

和
凝

眉，春思缱绻反让阿母心生疑团。

鉴赏

　　《采桑子》为唐代教坊曲，有《杨下采桑》，调名本此。又名"丑奴儿令""丑奴儿""罗敷媚歌""罗敷媚"等。和凝词为创调之作。此调宜于抒情与写景，既可表现婉约风格，又可表现旷达与刚健的风格。

　　这首词细腻描写了闺中少女的服饰、行为及其思春之情。

　　首二句体现了闺中女子的美丽娴静。蟠蟜（qiúqí）是天牛幼虫，身白而长，此处喻指女子脖颈美白而修长。"诃梨子"为女子所用云肩，晚唐五代妇女有一种披于颈间领下的帔。"绣带双垂"，上衣上的绣带垂挂在两侧，女子脖颈修长洁白，肩上披着云肩，绣带轻垂，显得端庄静姝。下句却反转道，少女闲来无事，与好友在房中以荔枝为赌注赌博玩耍，凸显了闺中少女的无聊与娇俏。"樗（chū）蒲"指古代的一种赌博游戏。从少女的衣着繁复华丽与日常的休闲娱乐，可知女子家境富裕，衣食不愁，物质上的富足却不能满足其精神上的空虚，便有了赌荔枝的行为，为引出下文春思情绪做铺垫。

　　下阕以描写女子下半身穿着起笔，与上阕对女子上半身的刻画呼应，将女子华美富丽的服饰展现出来，间接体现了其家境富裕，女子无聊本想通过"樗蒲"来打发时间，却更觉寂寞无聊，便常常皱眉，这样的情形教阿母见了生疑，原是少女到了春思的年纪。

　　全词不直言少女的心事，却用神态、行为刻画了一个生动活泼又有趣的少女形象，婉转表达了闺中少女的春日思情。

明·汤显祖评《花间集》卷三：（上下片末句）二语翻空出奇。

清·潘游龙《古今诗余醉》卷四：博乃樗蒲戏。晋刘毅"樗蒲一掷百万"，又诗"人间万事等樗蒲"。人人谓之赌博，误矣。

清·许昂霄《词综偶评》：《采桑子》"蟢蛴领上诃梨子"，按"诃子"，树名，又名诃梨，花白，子黄，似橄榄，而有六路。疑当时妇女或悬之以为饰也。……或是领上妆饰，亦未可知也。"绣带双垂"，疑亦言上体之带，非裙带也。"丛头鞋子红编细，裙窣金丝"，前言上服，此言下服，意亦较前更细。

刘永济《唐五代两宋词简析》：此写才动春情之少女也。一、二句，上身服饰也。三、四句，言其闺中嬉戏之事。五、六句，下身服饰也。末二句，少女烦闷之情，已为阿母所觉也。此词体会少女生活，极其细致，而用语不多，故是能手。

萧继宗《评点校注花间集》：诃梨子非下裳，蒿庐所见极是，以首句明言"领上"也。按诃梨子应为诃梨勒之实，诃梨勒树产印度及岭南，见《本草》。《四十二章经》："视大千界如一诃子。"即诃梨勒之实，贯之如珠环，一若菩提子之作为念珠，妇人悬之领上，即今之项链也。

孙光宪

孙光宪（？—968），字孟文，号葆光子，陵州贵平（今四川省仁寿县）人。其家世务农，然其好学，唐末为陵州判官，历事三朝，官至节度副使、检校秘书少监兼御史大夫。因劝高继冲献地有功，入宋后被授为黄州刺史，政绩卓著。

浣溪沙（蓼岸风多橘柚香）

蓼岸风多橘柚香，江边一望楚天长，片帆烟际闪孤光。
目送征鸿飞杳杳，思随流水去茫茫，兰红波碧忆潇湘。

译文

长满蓼花的岸边，风中飘来橘柚的清香，站在江边眺望，楚天空阔悠长，远处的一片白帆在水天云烟间泛起亮光。

目光伴送空中的大雁飞向远方，思绪跟随眼前的江水流入苍茫，红兰花，碧波浪，定会令人长忆潇湘。

鉴赏

这是一首送别词，以秋景之美反衬与友人依依不舍的惜别之情。

首句言风中送来橘柚清香，橘柚成熟在秋季，说明此时描写的水岸风景是秋景，秋高气爽，微风中满是香甜的气息，正当人沉迷于舒适宜人的环境中，下句便转入远眺的视觉描写，那茫茫江天之中，友人乘坐的帆船远去，犹如孤光一点。楚天江水辽阔，人乘坐的小船在浩瀚的江面上渐行渐远，显得渺小而孤独。"楚天"在古时长江中下游一带属楚国，故用以泛指南方的天空。

目送大雁远飞，心随江水茫茫而去，景中融情，征鸿是远飞的大雁，同样喻指着词人送别的友人，目送亲人或好友远行本就令人伤感，配上深秋的高天阔江，船远雁飞的场景，更徒添悲凉。末句与首句遥相呼应，词人心想远行之人定不会忘记此地优美的风景，也表达了词人对彼此情谊的信任。

词全篇侧重写景，却句句饱含深情，笔触优美，布景传神，惜别之情含蓄婉约，令人读之便沉浸于送别的景中，久久不能忘怀别离之情。

名家集评

明·汤显祖评《花间集》卷三：王弇州称"归来休放烛花红""问君还有几多愁"，直是词手。假如此等调，亦仅隔一黍耳。

清·陈廷焯《云韶集》卷一："片帆"七字，压遍古今词人。又："闪孤光"三字警绝，无一字不秀炼，绝唱也。

近代·王国维《人间词话·附录》：昔黄玉林赏其"一庭疏雨湿春愁"为古今佳句。余以为不若"片帆烟际闪孤光"，尤有境界也。

清·李冰若《花间集评注·栩庄漫记》："片帆"句妙矣。"兰红碧波"四字，惟潇湘足以当之，他处移用不得。可谓善于设色。

俞陛云《唐五代两宋词选释》：昔在湘江泛舟，澄波一碧，映以遥山，时见点点白帆，明灭于夕阳烟霭间，风景绝胜。词中"帆闪孤光"句足以状之。"兰红波碧"殊令人回忆潇湘也。

孙
光
宪

河传（太平天子）

太平天子，等闲游戏，疏河千里。柳如丝，偎倚绿波春水，长淮风不起。

如花殿脚三千女，争云雨，何处留人住。锦帆风，烟际红，烧空，魂迷大业中。

译文

太平年间的天子，闲来无事就外出游乐，疏凿运河长达千余里。两岸杨柳如丝，依偎着绿波春水，在淮河岸边风吹不起。

三千个如花似玉的殿脚少女，彼此争宠邀幸，不知何处才能留住帝王。锦帆鼓起长风，竟把云际染红，如一场大火一炬烧空，魂魄已迷失在大业中。

鉴赏

这是一首怀古词，揭露讽刺隋炀帝的荒淫无度。

据唐韩偓《开河记》载："时舳舻相继，连接千里，自大梁至淮口，连绵不绝，锦帆过处，香闻十里。"太平天子即隋炀帝，隋炀帝贪图享乐，劳民伤财，为了满足自己的一己私欲，开凿千里运河，给百姓带来了沉重的负担。"柳如丝，偎倚绿波春水"描写了运河的秀丽风光，运河两岸杨柳如丝，春水微漾，清澈透亮，垂柳倒映在水中，显得绿波如碧。

"殿脚"指的是殿脚女，炀帝乘龙舟游江都，强征吴越民女十五六岁者五百人，为之牵挽，曰"殿脚女"。这里说"三千"，意思是加上六宫罗绮，约三千许。

"锦帆风，烟际红"形容隋炀帝行舟出游时的盛况，花团锦簇，风光无限，那五彩缤纷的样子仿佛染红了天空。

"烧空"二字笔锋直转，繁华如梦，一朝烧成灰烬，尾句"魂迷大业中"暗讽隋炀帝杨广骄奢淫逸，祸国殃民，最后落得亡国身死的下场。"大业"是隋炀帝的年号（604—617）。

　　这首词表现了对统治者骄奢淫逸的批判与讽刺，也或是词人借古讽今，为警戒当时统治阶级所作之词。

名家集评

　　明·汤显祖评《花间集》卷三：索性咏古，感慨之下，自有无限烟波。

　　清·李冰若《花间集评注·栩庄漫记》：词写炀帝开河南游事，妙在"烧空"二字一转，使上文花团锦簇，顿形消灭。此法盖出自太白"越王勾践破吴归"一诗。

　　詹安泰《宋词散论·孙光宪词的艺术特色》：活绘出隋杨广荒淫纵乐、劳民伤财、卒至覆国亡身的情状。……寄寓着对不幸者的同情和对统治者的讽刺。在表现手法上，既明朗，又精警。

　　萧继宗《评点校注花间集》：起笔三句，看似叙事，其中正有斧钺。"长淮风不起"，大笔淋漓。后段一气贯注，繁弦促节中，劲气内转。"烧空"二字，栩庄评极是。"魂迷"二字，"迷"字出《迷楼记》，加一"魂"字，意存讽刺。此细微处，正不易察。

　　黄进德《唐五代词选集》：据《宋史·荆南高氏世家》载，"保勖（南平王高从诲第十子）幼多病，体貌臞瘠，淫佚无度，日召娼妓集府署，择士卒壮健者令恣调谑，保勖与姬妾垂帘共观，以为娱乐。又好营造台榭，穷极土木之工，军民咸怨。政事不治，从事孙光宪切谏不听"。"及保勖之立，藩政离弱，卒裁数月遂失国，亦预兆也。"此词咏叹隋炀帝奢淫逸游、祸国殃民，似隐寓借古讽今之意。意到笔随，深隐含蓄。

孙光宪

酒泉子（空碛无边）

空碛无边，万里阳关道路。马萧萧，人去去，陇云愁。
香貂旧制戎衣窄，胡霜千里白。绮罗心，魂梦隔，上高楼。

译文

茫茫沙漠空旷无边，西出阳关道到万里之遥。战马声声鸣叫，征人一去迢迢，陇上愁云笼罩。

战袍早已破旧，戎装着身已显得狭窄，西北霜雪凝结千里一片白茫茫。心中挂念家中的妻子，梦魂却被这万里路途阻隔，只能独上高楼远眺。

鉴赏

这首词抒发了征人思乡怀人之情。

上阕以景烘托征人征途遥远艰难，征人穿过无边无际的沙漠，出了西边阳关，到离家千万里的边城戍地，从此只听闻战马嘶鸣声。这一程又一程的征战，边城战场愁云惨淡。"阳关"在今甘肃敦煌市西南，玉门关南面，和玉门关同为古代通西域的要道。"陇"泛指甘肃一带，是古代西北的边防要地。

"香貂旧制戎衣窄"说明征人离家已久，出征时缝制的征袍如今已破旧不合身，征地千里霜雪，寒冷艰苦，戍守在此处的兵士却连御寒的衣物都短缺。征人不惧地域苦寒，只是心中挂念家中亲人，可惜万水千山横亘在中间，连梦中也不得相见，只能登上高楼深深凝望家乡的方向，心中暗暗思念故乡与独守空房的妻子。

全词境界开阔，以苍茫的边塞之地为景展开描写，又以缠绵的相思收尾，尽显细腻真情，更从侧面体现了边塞军人的残酷生活，以及战争带给百姓的离苦之情。

名家集评

华钟彦《花间集注》卷八："绮罗"三句，承上香貂戎衣，言畴昔之盛，魂梦空隔也。

詹安泰《宋词散论·孙光宪词的艺术特色》：像这类具有较深广的内容、较重大的意义，而又是历史上较多人选用过的题材，是不容易在小词里得到出色的表现的。作者不但……刻画出远征西北的怵目惊心的现象和思妇楼头的伤感，同时……还在不同程度上寄寓着对不幸者的同情和对统治者的讽刺。在表现手法上，既明朗，又精警。

萧继宗《评点校注花间集》："上高楼"三字，似乏收结，而边愁乡思，能以三字束之，才力正复不弱。

清平乐（愁肠欲断）

愁肠欲断，正是青春半。连理分枝鸾失伴，又是一场离散。
掩镜无语眉低，思随芳草萋萋。凭仗东风吹梦，与郎终日东西。

译文

哀愁得都快要肝肠寸断，此时正值仲春二月。连理枝分开生长，鸾鸟失去伴侣，眼见又是一场分别离散。

合上镜，低垂眉眼，沉默无语，情思随着芳草绵延千里。真希望凭借东风将梦魂吹去，整天能和郎君漂泊东西。

孙光宪

【鉴赏】

　　正值仲春二月，鸟语花香，万物生长，女子却因与情人离别而饱受相思之苦。"连理分枝鸾失伴"喻示女子与丈夫恩爱甜蜜却遇别离。"连理"即连理枝，两棵树的树干生长在一起。"又"字体现这样的分别不止一次，女子忍受相思煎熬已久。

　　下阕首句描写女子动作与神态，"掩镜无语"说明女子的丈夫离开已久，女子已无意于容颜美丑。她的相思之情就如茂盛的芳草肆意生长，"凭仗东风吹梦，与郎终日东西"言情思之盛，恨不能东风吹梦与郎相会。

　　这首词从女子的角度抒发对丈夫的思念情深，体现了深闺女子寂寞凄苦的情感。

【名家集评】

　　明·卓人月《古今词统》卷五徐士俊评语：子野云："枕上梦魂飞不去。"此孙君所以仗东风也。

　　明·钟惺："凭仗东风吹梦，与郎终日东西"，意致骀荡之甚，陈声伯有"晓梦适随香絮风"，似从此脱胎。

　　吴梅《词学通论》第六章：《清平乐》云："掩镜无语眉低，思随芳草萋萋。"是自抱灵修楚累遗意也。

　　清·李冰若《花间集评注·栩庄漫记》：东风吹梦，与郎东西，语极缠绵沉挚。

　　萧继宗《评点校注花间集》：全篇宛转流顺。结语深宛；"又"字沉痛。

风流子（茅舍槿篱溪曲）

茅舍槿篱溪曲，鸡犬自南自北。菰叶长，水葓开，门外春波涨渌。听织声促，轧轧鸣梭穿屋。

译文

围着槿篱的茅屋前有一条弯曲的小溪流过，鸡犬各据南北自由嬉戏。茭白绿叶细长，蕹菜开满了白花，门外春水上涨，绿波荡漾。听纺织机声音急促，梭子轧轧声从屋内传出。

鉴赏

这首词描写了春日水乡的田园风光。

茅屋坐落在潺潺流水的小溪边，周围以槿树为篱笆将屋舍围了起来，村舍前后鸡犬相闻，这是一幅充满生活气息的农家生活图。"菰叶长，水葓开，门外春波涨渌"细致地刻画了田园风景，茭白的叶子长得又嫩又大，水葓花争相盛开。"菰叶"是多年生草本植物，多生于中国南方浅水中。春天生新芽，嫩茎名茭白，可作蔬菜。"水葓"即蕹菜，生于路旁和水边湿地，茎中空，亦称空心菜。"涨"字可知不久前下过雨，涨了满满一池春水。造景至此，循声而去，只闻织布声"轧轧鸣梭"从屋内传出，此时只闻其声不见其人，却能从一个"促"字清晰地知晓，屋内织布女子正辛勤地劳作。

优美的田园景致，生动的鸡鸣犬吠，质朴的农家耕织绘成一幅有声有色的农村图画，通篇采用白描的手法，将田间清新自然、生动活泼而又淳厚质朴的一面完美呈现，同时侧面表达了男耕女织、农家春忙的场景，表达了词人对田园风光的喜爱和赞美之情。

153

孙光宪

名家集评

明·汤显祖评《花间集》卷四：田家乐耶？丽人行耶？青楼曲耶？词人藻，美人容，都在尺幅中矣。

清·李冰若《花间集评注·栩庄漫记》：《花间集》中忽有此淡朴咏田家耕织之词，诚为异采。盖词境至此，已扩放多矣。

詹安泰《宋词散论·孙光宪词的艺术特色》：用朴素的语言，状农村的风物，一直说到农妇的勤劳纺织的生活，这是其他"花间"词人所没有的，即在孙词中也如昙花一现，只此一首，又不能仅仅作为一种艺术特色来理解了。

萧继宗《评点校注花间集》：风光顿换，耳目一新。"自南自北"用经语，稍笨。"听织声促"，意明而语不顺。此处本作二字两句，姑离而为二，然"织""促"究不同部。

定西番（帝子枕前秋夜）

帝子枕前秋夜，霜幄冷，月华明，正三更。
何处戍楼寒笛，梦残闻一声。遥想汉关万里，泪纵横。

译文

深秋夜里，公主躺在枕头上，帐幕上凝结了一层寒冷的秋霜，月光分外明亮，正当三更时。

不知何处的戍楼传来寒笛声，一声忧伤的笛音将她从残梦中惊醒。想起故国已远隔千万里，不禁泪流纵横。

鉴赏

"帝子"原指帝尧的女儿娥皇和女英，意为帝王的女儿，这里指远赴西番和亲的公主。公主背井离乡远嫁他国，冷清萧瑟的秋夜，到了三更，月最明亮也最寒冷的时候，纵使生活在王宫的公主也倍感寒冷。从结构层次看，帝子之冷是为了烘托边塞军人之冷，如果说王宫之中如此优渥的生活条件还能感觉到冷，那么驻守在边塞的军人，又该承受怎样的苦寒？"何处戍楼寒笛，梦残闻一声"以景起笔，意在抒发思国之情，公主且因一声寒笛，便"遥想汉关万里，泪纵横"，侧面对比戍守边塞的士兵，思乡之情只会更加刻骨铭心。"汉关"是汉代的边关，亦泛指边关。一说汉人在边境设的关塞。

词中看似抒发帝子之寒冷与愁苦，实则写的是戍边军士远征塞外，身处苦寒之地，生活环境艰苦，离家多年，思乡之愁入骨。表达了词人对戍边军士的同情与赞美。

名家集评

明·汤显祖评《花间集》卷三：吴子华云"无人知道外边寒"，谢叠山云"玉人歌吹未曾归"。可见深宫之暖，不知边塞之寒；玉人之娱，不知蚕妇之苦。至裴交泰下第词云"南宫漏短北宫长"，真一字一血矣。

明·钟惺：《定西番》三阕（此二阕与上牛峤"紫塞"阕），俱咏塞上也，唯毛熙震一首题春暮（"苍翠浓阴"）。

俞陛云《唐五代两宋词选释》：二词英英露爽。"鸣髀"二句有"翻身向天仰射云，一箭正堕双飞翼"之概。"寒笛"二句有"横笛偏吹行路难""一时回首月中看"之感。一言骑射精能，一言乡心怅触也。

萧继宗《评点校注花间集》：词意不透。汤氏云云，其然？岂其然乎？

孙光宪

思帝乡（如何）

如何，遣情情更多。永日水晶帘下，敛羞蛾。六幅罗裙窣地，微行曳碧波。看尽满池疏雨，打团荷。

译文

怎么会这样，想排遣情思，情思反而更多。终日徘徊在临水的厅堂前，紧皱着双眉。六幅长的罗裙拖在地上，缓步走来荡起水上碧波。看着满池塘疏疏落下的雨点，正无情敲打着圆圆的绿荷。

鉴赏

悲痛之事萦绕在心头，越想排解越是纠缠不休，正如词中女子，不知遇到什么伤心事，一心想要排遣满心的情思，却事与愿违，种种的矛盾纠葛让她终日眉头深锁，不展笑颜。"水晶帘"是用水晶制成的帘子，比喻晶莹华美的帘子。说明女子生活在富足家庭，然而物质上的富裕难抵精神上的空虚。"六幅罗裙窣地，微行曳碧波"描写了女子华美的服饰与轻盈娇柔的身姿，将女子的形象活灵活现地展现于眼前。尾句以景结篇，女子终日无聊，外出散步途径池塘，见疏雨打团荷的场景，却更觉伤怀，荷叶成团，寓意团圆，女子却孤独寂寞，看雨点疏疏落下，每一滴都仿佛敲打着女子的身心，时刻提醒她心中愁绪几何。

这首词将女子的愁情娓娓道来，却始终未道破所愁之事，或许是少女春闺思人，又或是寂寞孤独，无人作陪，我们不知她所愁何事，却知她惆怅于心难以排遣。

名家集评

明·卓人月《古今词统》卷三徐士俊评语："如何如何，忘我实多"，预为词料矣。

明·钟惺："看尽满池疏雨，打团荷"，恒欲拟此一句，终不易得。

清·王闿运《湘绮楼词选》前编：常语常景，自然丰采。

萧继宗《评点校注花间集》：罗裙窣地微行，而以"曳碧波"三字状之，语妙。末句，见寂寞之情，而有余韵。

谒金门（留不得）

留不得，留得也应无益。白纻春衫如雪色，扬州初去日。

轻别离，甘弃掷，江上满帆风疾。却羡彩鸳三十六，孤鸾还一只。

译文

留是留不得了，即便留了也没有用。他身上穿一件雪白的纻布春衫，就在离开扬州的那天。

如此轻率匆忙就离别，心甘情愿抛掷这份感情，鼓满风帆的船疾驶而去。真美慕那三十六对彩色鸳鸯，而我却好像孤鸾一只。

鉴赏

这是一首怨别词作，以女性的视角诉说了古代男子为求取功名而远离故乡、爱人时，爱人承受的离别之痛。

首二句用词果断，女子决绝地告诫自己，留不得了，强留也没什么意义，他有他的理想抱负，若此时以感情来困住他，日后只会徒添怨怼。下句承接离别之日场景，送他离开扬州的那日，他身穿白衣胜雪，潇洒飘逸丰神俊逸。白纻（zhù）春衫：白纻即白苎，白色的苎麻。古代士人未得功名时所穿衣服为白纻春衫。此句对离人服饰的刻画，侧面反映了女子对男子的眷恋之情，因为心存爱恋，所以才对他的形象、衣着印象深刻。"轻别离，甘弃掷"是女子的怨怼之词，离别如此令人痛心，他却就这样轻易离开了，真乃薄情负心郎。这样怨责实是爱意深浓之下的无奈。收尾两句写鸳鸯成双而自己如孤鸾一只，又起艳羡之情，实则是看到幸福美好的事物，自己内心又重新燃起希望，对未来与爱人重聚、生活幸福抱有憧憬。

名家集评

明·汤显祖评《花间集》卷四："满帆风吹不上离人小舡"，今南调中最脍炙人口。只此一曲数语，已足该括之矣。

清·蒋景祁《瑶华集词话》附二：孙光宪《谒金门》有云"留不得，留得也应无益""扬州初去日"，又云"却羡彩鸳三十六，孤鸾只一只"，则又通"质""陌""锡""职"于"屋"。

清·贺裳《皱水轩词筌》：词虽以险丽为工，实不及本色语之妙。如李易安"眼波才动被人猜"……孙光宪"留不得，留得也应无益"，严次山"一春不忍上高楼，为怕见，分携处"。观此种句，觉"红杏枝头春意闹"尚书，安排一个字，费许大气力。

清·陈廷焯《词则·大雅集》卷一：不遇之感，自叹语，亦是自负语。"还"字妙，落拓非一日矣。

清·张德瀛《词征》卷三：前人词多喜用"三十六"字，欧阳炯《更漏子》"三十六宫秋夜永"，孙孟文《谒金门》"却羡彩鸳三十六"……用算博士语皆有致。

李珣　李珣（855—930），字德润，前蜀梓州（今四川三台）人，少小苦学，有诗名，工诗词，又通医理，兼卖香药。其祖先为波斯（今伊朗）商人，世称"李波斯"。妹李舜弦为王衍昭仪，他尝以秀才豫宾贡，人称"李秀才"。蜀亡后不仕，退隐江湖。

渔歌子（楚山青）

楚山青，湘水绿，春风澹荡看不足。草芊芊，花簇簇，渔艇棹歌相续。

信浮沉，无管束，钓回乘月归弯曲。酒盈樽，云满屋，不见人间荣辱。

译文

楚山青青，湘水明静，清风徐来，令人流连忘返。青草茂盛，花团锦簇，渔艇与小船往来穿梭，悠然垂钓于清波之中，歌声相续。

任随船儿在水面上漂浮，不知夜幕早已降临，带着垂钓的收获乘月归来。有酒盈，满屋云雾蒸腾如登仙界。此情此景哪还有世间的荣辱争斗。

鉴赏

《渔歌子》原唐教坊曲，后用作词调，又名"渔父""渔父乐""渔父词""秋日田父辞"等。调名本意写渔夫的生涯与心怀。

这首词写隐士的生涯与心怀，当作于词人入蜀定居梓州之后。

上阕写楚山湘水风景如画，清风徐来，水面微漾，惬意自在的环境令人深陷其中，不思归返。又见"草芊芊，花簇簇"，视觉美感更进一层，此时响起歌声，视觉与听觉双重铺垫，为"看不足"提供完美答案。

身处于这样闲适自在的环境中，不管渔船要漂到何处去，随处皆是美景，不知不觉流连到月色降临，乘月归家，家中杯酒盈樽，屋里云雾缭绕，热气蒸腾，如同仙界一般美妙，这样自由自在的生活多好，谁还能想起世间不休的纷争。

全篇造景悠闲恬淡，抒情婉转，看似旷达的语句中暗藏理想抱负受挫后的无奈与逃避，更多流露的是既然仕途不顺，那就退隐江湖的思想。

名家集评

清·李冰若《花间集评注·栩庄漫记》："楚山"三句，淡秀可爱。

夏承焘《瞿髯论词绝句》评李珣《渔歌子》四首：波斯估客醉巫山，一棹悠然泊水湾。唱到玄真渔父曲，数声清越出花间。

华钟彦《花间集注》卷十：按李秀才另有《渔父歌》云："水接衡门十里余（略）。"其亮节高风，可以隔反。

萧继宗《评点校注花间集》："酒盈樽，云满屋"，自饶意境，视起笔六字为胜。

临江仙（莺报帘前暖日红）

　　莺报帘前暖日红，玉炉残麝犹浓。起来闺思尚疏慵。别愁春梦，谁解此情惊。

　　强整娇姿临宝镜，小池一朵芙蓉。旧欢无处再寻踪。更堪回顾，屏画九疑峰。

　　晨莺娇啼传告旭日映红帘栊，玉炉中的麝香味还很浓郁。起身后闺中思绪仍懒散困慵，离别的忧愁春梦，谁能体味这里面的情衷。

　　勉强对着镜子梳理娇美姿容，如小池映出一朵出水芙蓉。无处再找寻旧日欢愉的影踪，更不忍回头观看，屏风上画的九嶷山的群峰。

鉴赏

　　这首词写女子晨起怀人之愁绪。

　　首句写室外景象，黄莺娇啼，帘栊上映照着暖洋洋的日光，后转入室内，燃了一夜熏香的玉炉，灰烬中残余浓郁的香气。清晨起来后的女子，本应梳妆打扮，女子却为闺思所扰，懒怠梳洗。无人理解的春日情思、离别愁梦，让人只愿活在梦中重拾往昔情浓时光。"情惊（cóng）"意为欢乐之情。

　　忧思再过，也无法终日躲在回忆中，她勉强打起精神，对着镜子梳妆。"小池一朵芙蓉"比喻女子的美艳，以小池喻指宝镜，女子美艳得如一朵出水芙蓉，娇艳欲滴。陷入情爱中的美貌女子，纵有绝色容颜，也要困守在闺房之中，日日苦等心上人。"屏画九疑峰"是屏风上的风景，也作九嶷山，一名苍梧山，在湖南宁远县，相传虞舜葬于此。《水经注·湘水注》曰："营水出

161

李

珣

营阳泠道县，南流山西流径九疑山下，磐基苍梧之野，峰秀数郡之间。罗岩九举，各导一溪，岫壑负阻，异岭同势，游者疑焉，故曰九疑山。大舜窆其阳，商均葬其阴。山南有舜庙，前有石碑，文字缺落，不可复识。自庙仰山极高，直上可百余里。古老相传言，未有登其峰者。"以九嶷山来抒发舜二妃追帝不成的感慨，强调了前句"旧欢无处寻踪"之意。

名家集评

清·况周颐《蕙风词话》卷二：李德润《临江仙》云，"强整娇姿临宝镜，小池一朵芙蓉"。是人是花，一而二，二而一。句中绝无曲折，却极形容之妙。昔人名作此等佳处，读者每易忽之。

吴世昌《词林新话》卷二：李珣《临江仙》有"强整娇姿临宝镜，小池一朵芙蓉"，此从温词"衰桃一树临前池，似惜容颜镜中老"化出，反其意而用之，遂觉别致。

清·李冰若《花间集评注·栩庄漫记》：德润"强整娇姿临宝镜，小池一朵芙蓉"，工于形容，语妙天下。世之笨词，当以此为换骨金丹。

萧继宗《评点校注花间集》："屏画九疑峰"，似不相干。谓往事朦胧，疑云疑雾，故以朦胧之境界作结，手法亦自殊胜。

南乡子（乘彩舫）

乘彩舫，过莲塘，棹歌惊起睡鸳鸯。游女带香偎伴笑。争窈窕，竞折团荷遮晚照。

译文

乘着彩船，摇过金色荷塘，欢快的船歌惊起了沉睡的鸳鸯。身带芳香的姑娘们相偎嬉笑，这些少女一个比一个俊俏，正竞相攀折圆圆荷叶来遮挡夕阳。

鉴赏

南国水乡之美，岂止于风光霁月，景中之人才令"美"生动起来。

活泼俏丽的少女乘船游过池塘，她们成群结队地和歌而唱，欢快悠扬的阵阵歌声，无意之中惊扰了莲叶之间沉睡的对对鸳鸯，有情鸳鸯翻飞，惹起少女怀春之情，少女们不禁用嬉笑嗔语来掩盖内心的羞涩娇憨。

"带香"二字体现了少女气若幽兰的美好气质，是对妙龄少女的写实形容。她们心照不宣地相互依偎在一起，被惊飞的鸳鸯吸引而出神，巧笑嫣然，春心暗生，想起心上的那个人时，娇羞不已。那一个个美丽窈窕的怀春少女，许是怀春的情思写在了脸上，染红了双颊，心中觉得难为情，便借着夕阳刺眼的理由，争相折取池中荷叶以遮挡小女儿情态。

这首小令，将南国水乡的景与人巧妙结合，状景时景物秀美，状人时形神具备，词中画面生动活泼，绚丽明快，令人情不自禁地陷入绘声绘色的场景中。字里行间表达了词人对南国的热爱与赞颂。

名家集评

明·茅暎《词的》卷一：景真意趣。

明·钟惺："竞折团荷遮晚照"，韵致风流，大胜东坡所记鬼仙诗"摘将荷叶盖头归"句。

清·李冰若《花间集评注·栩庄漫记》"竞折团荷遮晚照"，生动入画。

夏承焘《唐宋词欣赏·花间词体》评《南乡子》二首：这两首词很形象地刻画人物的情态。第一首（指此首）写一群小姑娘在莲塘里乘船嬉戏的情景，灵活、逼真地描绘了少女们的害羞、娇憨。

萧继宗《评点校注花间集》：折荷遮日，隔水抛莲，皆儿女采莲常见之事，顾未有人写出。至脱裙裹鸭，则不常见而更妙矣。

南乡子（相见处）

相见处，晚晴天，刺桐花下越台前。暗里迴眸深属意。遗双翠。骑象背人先过水。

译文

遇见她的地方，是晴朗的傍晚，在刺桐树花下的古越王台前。她暗暗回眸，深情注视心上人，有意留下双股翠钗，匆匆骑了象，避开别人去先蹚过溪水。

鉴赏

这首词写了一位少女对少年一见钟情，通过眉目传情、暗丢双钗的方式约少年相会的情景。

故事发生在一个初春的傍晚，晴空万里，霞光晚照，越王台的刺桐树花开得姹紫嫣红，少女在树下一眼看到了那个翩翩少年郎，他意气风发、朝气蓬勃，周身散发出的光芒如同初升的太阳，炙热又耀眼，让人移不开目光。"刺桐"是一种植物，产于南海闽粤一带，似桐而有刺，皮黄白，花深红，一枝数十蕾。

"越台"即越王台，汉时南越王赵佗所筑，在今广州北越秀山上。

少女心想，若是错过了便再也不能相见，要如何让他知晓心意？她频频回眸暗自注视少年，想来少年若是有意，定是能发现她心悦于他的情思。怕他不能看到她的情意，又担心表现得过于热切令少年误解她奔放，她低垂着眉眼，暗想需得再有一个相会的契机，于是心中一横，索性摘下头上的双钗留与少年，若是少年有意，定会来归还。"骑象背人先过水"将画面定格在女子骑象过水离开的一幕，这句写女子因羞涩而匆匆离去，想凭借遗留的双钗创造下次再会的机缘。

词篇以南国景物勾勒出色彩斑斓的相遇背景，细腻地刻画了人物的神态、动作，传达出少女复杂纠结而羞涩的心理状态，塑造了一个多情而聪颖的少女形象。词作语言清新而不失质朴，写艳丽的相遇却情感热切而真挚，不见丝毫轻佻之语，是崇尚艳丽辞藻的《花间集》中少有的词风。

名家集评

明·汤显祖评《花间集》卷四：轻弓短箭，独擅所长，故十调皆有超语。

清·李冰若《花间集评注·栩庄漫记》：李珣《南乡子》均写广南风土，欧阳炯作此调亦然。珣波斯人，或曾至粤中，岂炯亦曾入粤？不然，则《南乡子》一调，或专为咏南粤风土而制，故作者一本调意为之也。珣词如"骑象背人先过水""竞折团荷遮晚照""愁听猩猩啼瘴雨""夹岸荔枝红蘸水"诸句，均以浅语写景而极生动可爱，不下刘禹锡巴渝《竹枝》，亦《花间集》中之新境也。

唐圭璋《词学论丛·唐宋两代蜀词》：其《南乡子》十首，均写广南风土，不下刘禹锡之巴渝《竹枝》。兹录其二首如下（词略）。所写皆生动入画。至于"愁听猩猩啼瘴雨""骑象背人先过水"亦皆写南方风土，开《花间集》之新境。

吴世昌《词林新话》卷二：《南乡子》又一首："相见处（略）。"或注"遗双翠"为故意掉下一双翠羽装饰的钗子。按：翠羽而已，何来钗子？"遗"即馈赠，何必"掉下"？既有"属意"，则赠以翠羽，若掉在地上，知道给谁拾去？自己属意之人岂非反而落了空？注家之穿凿，往往如此！

萧继宗《评点校注花间集》：骑象渡河，亦是广南风土，他处所不见也。李秀才《南乡子》十首，各首最后两字，皆着重去上，此中已漏泄少许消息。

女冠子（星高月午）

星高月午，丹桂青松深处。醮坛开。金磬敲清露，珠幢立翠苔。

步虚声缥缈，想像思徘徊。晓天归去路，指蓬莱。

译文

明亮的星月高挂在中天，清辉洒在丹桂青松茂密的深林间。祭祀的坛台仪式刚开，金制的钟磬敲击着清露，珠幡树立在布满青苔的台阶上。

诵经的声音虚无缥缈，思绪在遐想中飘浮徘徊。黎明时分归去的路在哪，遥指仙岛蓬莱。

鉴赏

"女冠"意为女道士，唐代女道士皆戴黄冠，因俗女子本无冠，唯女道士有冠，故名。《女冠子》调名本意即为歌咏女道士情态的小曲，此词贴合调意。

这首词描写了女道士所处的环境和单调乏味的生活。

起笔以高远处的星与月为背景，"月午"指月至午夜，即半夜。下句从夜空向下描写丹桂与青松，丹桂青松的深远处，是道观里道士们祭神的地方，祭祀的坛台敞开着。"醮（jiào）坛"即道士祭神的坛场。道观的景观无非是磬钟敲击和诵经的声音，日夜重复枯燥乏味生活的女道士，心思早已飞到了九霄云外。"金磬（qìng）"为金制的磬钟。"步虚"指的是道士诵经的声音。

尾句言黎明将至又该何去何从，唯一的精神寄托便是仙岛蓬莱，表达了女道士的茫然之感，以及支撑其日复一日枯燥生活的信念，便是将来能修得正果，身归蓬莱仙境。

名家集评

萧继宗《评点校注花间集》："星高月午"四字，非寻常写景，须与"醮坛"结合，见黄冠礼斗之仪。此《女冠子》之佳制，起笔高绝；继以松桂，转入幽深，"醮坛开"，三字点题，"金磬"两句，铺写法仪。后起"步虚声"里，已夐离人境；"想像"句，又略示凡情；至"晓天归去路，指蓬莱"，直上三清，非尘土中人所能攀仰矣。

酒泉子（秋月婵娟）

秋月婵娟，皎洁碧纱窗外。照花穿竹冷沉沉，印池心。

凝露滴，砌蛩吟，惊觉谢娘残梦。夜深斜傍枕前来，影徘徊。

李
珣

译文

秋月美好而恬静，皎洁的光洒在碧纱窗外。月光照耀着花丛，穿过一片幽寒清冷的竹林，倒映在池塘中心。

露珠凝结下滴，石阶蟋蟀低吟。惊醒了正做着梦的娇娘，夜深了斜斜靠在绣花枕旁，月影来回徘徊。

鉴赏

这首词写秋夜梦醒后的女子难以入睡的情景。

首句点明季节为秋季，"秋月婵娟"意思是秋月娇媚秀丽，"秋月"起笔贯穿全文，月光皎洁，洒落纱窗，照花穿林，倒映池心，月色如银笼罩四方，给人以冷清之感。

下阕以露滴、蛩吟为动景，在月光静谧的氛围中显得尤为突出，许是露水的滴答声或蟋蟀的低吟声惊醒了梦中的女子。"蛩（qióng）吟"意为蟋蟀吟叫。女子醒后斜靠枕头若有所思。末句"影徘徊"既言女子眼中的月影徘徊，也形容女子心中愁思徘徊，难以成眠。

词中不言愁滋味，却从月景中流露清冷孤寂之意，秋月有团圆的含义，而女子深夜梦醒却是独自一人，虽未见其情态与心理，却可从"斜傍枕，影徘徊"中读出其冷寂凄清的心境。

名家集评

明·汤显祖评《花间集》卷四：一意空翻到底，而点缀古雅，殊不强人意，似富于才而贫于学者。

清·况周颐《餐樱庑词话》：李秀才词，清疏之笔，下开北宋人体格。五代人小词，大都奇艳如古蕃锦，惟李德润词，有以清胜者，如《酒泉子》云："秋雨联绵（略）。"前调云："秋月婵娟（略）。"《浣溪沙》云："翠叠画屏山隐隐，冷铺纹簟水潾潾，断魂何处一蝉新。"所云下开北宋体格者也。有以质胜者,《西溪子》云:"归去想娇娆,暗魂销。"《中兴乐》云:"忍孤前约,教人花貌,虚老风光。"宋人惟吴梦窗能为此等质句,愈质愈厚,盖五代词已开其先矣。

华钟彦《花间集注》卷十:按此咏秋月词也。自首至尾,无处无月。古人为文,用心若此。

萧继宗《评点校注花间集》:与前章同一机杼,特以"秋月"为主耳、词中"照""穿""印""惊""来""徘徊"诸字,皆以"月"为主语,读者自明。后起首句准前章,必夺一字,如作三字两句,声文两碍,疑"凝"字上落一"霜"字,姑注于此。

河传（去去）

去去,何处。迢迢巴楚,山水相连。朝云暮雨,依旧十二峰前,猿声到客船。

愁肠岂异丁香结,因离别,故国音书绝。想佳人花下,对明月春风,恨应同。

译文

走了走了,要去哪里,巴楚地千里迢迢,山山水水相连。朝起云来暮下雨,巫山的十二峰依旧未变,猿啼声声传到了客船。

愁肠郁结和丁香结没有两样,因为分离相别,与故乡断了书信来往。遥想花丛下的美人,独自面对明月和春风,怨恨也应相同。

鉴赏

《河传》又名"秋光满目""庆同天""月照梨花"等,《花间集》收其调二首,此首为其一。

李珣

起笔"去去"二字引出万千感慨，言"去"却不知去何处，喟叹之词一带而过。笔锋转入巴楚风景，两岸山峰绵延，水自山峡间流淌而出，奇峡幽谷，风光旖旎。"朝云暮雨，依旧十二峰前"典出《高唐赋》，曰巫山之女旦为朝云，暮为行雨，此处结合巫山神女的传说，形容峡谷典型的气象变化，虚实结合，给人以无限想象。"猿声""客船"为前文解惑，或是亲友乘船沿巫峡水路远行，词人以景寄情，离人遥去千里，行踪渺茫，然而巴山楚水绵延相连，情谊终不会断绝。两岸猿声就如同词人送别的愁思，哀鸣不绝，随船远去。

下阕写离别后因音书隔绝而愁肠千结，"丁香结"的花蕾结而不绽，以此比喻人的愁心郁结难解。情思骤转，他不再痴缠于自己愁思不休，而是遥想离人之心，"想佳人花下，对明月春风，恨应同"，转换视角站在对方的角度看待别离之苦，想那佳人即便身处美好的明月春风中，也同样会因别离而与他一样愁肠欲断。

词中侧重描述男子的离情别绪，收尾却站在对方的角度，设想佳人离苦之情，更显男子思念之深、情意之厚。

名家集评

清·陈廷焯《词则·别调集》卷一：一气卷舒，有水流花放之致。结六字温厚。

清·况周颐《餐樱庑词话》：李德润《河传》云："想佳人花下，对明月春风，恨应同。"高竹屋《齐天乐·中秋夜怀梅溪》云："古驿烟零，幽垣梦冷，应念秦楼十二。"两家用意略同。高词伤格不可学，李词则否。其故当细思之。

萧继宗《评点校注花间集》：此词为行客立言，故前云"依旧十二峰前"，惟所闻者，只"猿声到客船"，欢戚大殊。后结四句，则行客想像"佳人"心境之辞。语意甚明。至高竹屋词，则题面指明怀史梅溪，是竹屋想像梅溪于幽垣古驿间之心境，与此词主客异势，故遣词微有不同，"伤格"云云，殊不可解。

李

珣